河出文庫

ぐつぐつ、お鍋

おいしい文藝

安野モヨコ　岸本佐知子 ほか

河出書房新社

ぐつぐつ、お鍋

もくじ

ぐつぐつ、お鍋

鍋

安野モヨコ

寒くなって来るとスーパーの野菜達のキャッチフレーズに「お鍋の季節です‼」「お鍋にピッタリ！」などが増えて来る。

鍋のためのスープの素のレトルトパックなども盛大に並び始めるが、キムチ鍋やらチーズフォンデュ鍋、クリームシチュー風など一体どこまでを「鍋」と定義したものかわからない様なものも目にする。

先取りした事を自慢する訳ではないけれど、私は寒くなる前から鍋をしていた‼ってこんな事本当に自慢になりゃしないのだが、とにかく仕事中の食事の鍋率は八割を超える。

その理由はもちろん準備が簡単だからに他ならない。

材料を買って来さえすれば後は野菜を切るくらいで殆ど料理のうちに入らない。しかも出汁を薄味にしておけば、後の味付けは各自思い思いに工夫して好きな味で野菜も肉も魚も楽しめる。

一人が「カレー食べたい!!」と言っているのにもう一人が「いや、うどんだ」と主張、両者睨（にら）み合いのまま三十分経過…と言うデリバリ注文時のようなもめ事も起こらない。


そう言う訳で鍋の時のテーブルの上にはぽん酢にしょっつる、大根おろしにもみじおろし、ゆず胡椒に黒七味、おろし生姜（しょうが）におろしにんにく、腐乳（ふにゅう）に豆板醤（とうばんじゃん）が並ぶ事になる。

腐乳と言うのは沖縄の豆腐餻（とうふよう）に似た食べ物で中華食材として最近割と出回っているけれど、生卵を割りほぐして腐乳ひとかけらと豆板醤を入れおろし生姜とにんにくを入れて作ったたれに、さっと鍋で火を通した小松菜やら長葱、豚しゃぶ用の薄切り等をつけて食べる「腐乳鍋」は、ウチの定番中の定番だ。

当初知人に教えてもらったスタイルは、胡麻油を鍋底に一センチくらい入れて熱し、そこで野菜や肉を揚げてたれにつけると言うものだったが、それだと周りに油が飛んで後片付けが大変なのでウチでは普通の鍋にしてしまった。

それでも充分美味しいし、最後に細めの中華麵でシメるのが病みつきになる。

文字通り事務所での「鍋界」を席巻した。

特に男子達のこの鍋への喰い付きは目を見張るものがあった。

一方女子のみの穏やかな鍋と言うと、たらちりや鶏だんごに水菜。そうしてぽん酢やすだちをかけて食べると言うシンプルかつあっさりした物が多い。

しかしここで鍋奉行が現れる。

私の右腕アシスタント、ナミーン（メガネっ娘）である。

普通鍋奉行と言うと、煮えたものを取りわけ早く食べろと仕切る人の事を言うけれど、彼女はそんな事はしない。

野菜やだし汁を足したり、小まめに立ち働いてはいるけれど、煮えてるからここ食べちゃって‼　と言うような真似を一切しないどころか、私に
「早くきのこ入れてよ‼」

だの
「麵も全部入れちゃえよ‼　そしてちゃんと混ぜろよ」

だのうるさく指図されて、その指示通りに鍋を管理してくれる。

（むしろ私が鍋奉行かと言う話だが、自分は口ばっかりで何もしないのだからもっとタチが悪い。「鍋老中」もしくは「鍋殿」である。）

ナミーンが皆を黙らせるのは、取り分けた後の自分の小鉢の中でのたれ作りにおいてであり、その意味で奉行なのだ。

彼女の鍋の食べ方は独創性に富んでいて他の追随（ついずい）を全く許さない。

たれのベースに何を使っているのかは謎だが、ある時はひきわり納豆とカマンベールチーズ、そしてマヨネーズ。そこにクミンをトッピング…と言った勢いだ。もし有ればきっとケチャップも入れる事だろう。

差し入れで戴いたりした珍しい調味料があればひと通りは試している様子で、ある時香酢（こうず）とヨーグルトを混ぜて

「美味しいし健康にもいいですよ」

と言うので勧められるままに試してみた事があったけれど追随は不可能であった。

どうも彼女の中では「発酵食品は全部一緒に食べれば食べるほど体にも良いに決まっている」と言うガイドラインがあるらしく、それに沿う形で世の「体に良い」と言われる食品が一堂に会した鍋の食べ方となるようだ。

恐ろしい。

そんな鍋奉行のナミーンの取り皿の中を見るのが恐ろしいので皆うつむきがち。

頭（ず）が高い!!　と言われる事は無いのである。

鍋の楽しいところは、その囲む人々のパーソナリティが湯気と一緒に浮かんで来るところ。

人より一枚でも多く肉を食べようとする人も居ればスープをどんどん飲んじゃっておじややうどんに足りないじゃないか!!　と皆に怒られる人も居る。…気を付けたいものである。

鍋の季節

岸本佐知子

――一日目――

鍋をしていてアク取りが必要になったので取りにいったらアク取りが消えていた。台所の、しゃもじや菜箸(さいばし)やおたまや木べらを差してある道具立てに、しゃもじも菜箸もおたまも木べらもあるのにアク取りだけがない。

私は途方にくれた。これからいったいどうやってアクをすくえばいいのか。

思えばそのアク取りは一年ほど前、渋谷の東急ハンズでたまたま見かけて購入したのだった。それまで鍋のアクをおたまや、柄のついた網目の粗い、豆腐をすくったりするのに使うあの名称のよくわからない器具ですくったりしていま一つ不満を感じていたのだが、これは便利かもと思って家に連れ帰った。そしてじっさいアク取りは期待にたがわぬ働きをしてくれた。

私とアク取りとの楽しかった日々が走馬灯のようによみがえった。しゃぶしゃぶのアクをすくったこと。鳥鍋のアクをすくったこと。キムチ鍋のアクをすくったこと。しゃぶしゃぶのアクをすくったこと。しゃぶしゃぶのアクをすくったこと。失って初めて、私は自分の人生にアク取りが占める意味の大きさに気づいた。何としてでも犯人をつかまえ、アク取りをこの手に取り戻してみせる。

鍋がぐつぐつと煮えていた。

――二日目――

私はさっそく捜査を開始した。現場に争った形跡がないことから、顔見知りの犯行である可能性が高いと思われた。道具立ての住人の中で最も疑わしいのは、おたまと、あの名称のよくわからない網目の粗い器具だ。何しろ彼らには動機がある。私は彼らを尋問したが、両者は黙秘を貫いた。多少手荒な方法も試みたが、彼らの口は固かった。だが調べを進めるうちに重大な事実が判明した。両者にはアリバイがあったのだ。捜査はふりだしに戻り、二名の重要参考人は釈放となった。

名前のわからない器具の柄が少しゆがんでいた。

――三日目――

捜査の基本は足。現場百遍。地取り鑑取り。私は目撃者に聞き込みをすることを思いついた。現場付近を根城とする炊飯器、まな板、秤、しゃもじ等にアク取り失踪当時の状況を尋ねたが、全員が黙秘を貫いた。誰かをかばっているのだろうか。それとも全員が何らかの形でこの犯罪に関わっているのか。

犯人は現場に舞い戻るという。私は現場の張り込みを開始した。冷蔵庫の陰に隠れて待つこと五分。犯人は一向に現れない。急に空腹を覚えたので張り込みを中断し、炊飯器の中に残っていた昨夜のご飯の残りに生卵をかけて食べた。

炊飯器、しゃもじ、共に黙秘のまま。

――四日目――

いつの間にか道具立てにアク取りが戻っていた。どこへ行っていた、誰に連れ去られたと問うても無言である。やはり犯人は顔見知りなのか。それでかばいだてをしているのか。

そこまで考えて、初めて「家出」の可能性に思い至った。今まで私は一方的にアク取りに好意をいだくだけで、本人の気持ちなど考えたこともなかった。もしかしたら関係に不満があったのかもしれない。人知れず悩みを抱えていたのかもしれない。故郷の東急ハンズが恋しかったのかもしれない。私は、もっと本人と腹を割って語り合うことの必要性を痛感した。
というわけで、今夜は鍋。

小鍋だて

池波正太郎

底の浅い、小さな土鍋は、冬を迎えた私にとって、

「何よりの友だち……」

と、なる。

魚介や野菜などを、この小鍋（こなべ）で煮ながら食べる〔小鍋だて〕では、さまざまな変化をつけることができるので、毎夜のごとくつづいても飽きることがない。

中へ入れるものの種類は二品か、せいぜい三品がよい。

たとえば、小鍋に酒三、水七の割合で煮立て、浅蜊（あさり）のムキミと白菜を入れて、さっと火が通ったところを引き出し、ポン酢で食べる。

小鍋だては、煮すぎてはいけない。だから白菜なども細く薄く切っておく。

この二品を、おでんをするときの出汁（だし）で煮て、七味唐がらしで食べると、また味が

変る。

また、鶏肉と焼豆腐とタマネギを、マギーの固型スープ一つ落した小鍋の中で煮て、白コショウをふって食べるのもよい。

刺身にした後の鯛や白身の魚を、強い火で軽く焼き、食べよいようにくずして、豆腐やミツバなどと煮る。

このように、何でも簡単に、手ぎわよく食べられるのが〔小鍋だて〕なのだ。

むかしから、しゃれたものとされていて、高級な材料を炬燵(こたつ)の上で煮ながら、好きな女と一杯やるのは、たまらないそうだが、私の場合、たとえば鶏肉を使うとき、細(こま)切れのもっとも安い肉でやる。

むかし、三十年近くも前の終戦直後のことだが、家を焼かれてしまった私は、焼け残りのビルの一室で暮していたことがあって、暖房もない冬の夜など、毎日のように〔小鍋だて〕をやった。

このときの小鍋は、銅製のもので、下町の食堂でよく使っていた、なつかしい品物であった。

そんな鍋を売っているはずもない焼けただれた東京の町で、私が、どうして手に入れたかというと、上野の地下道で暮している浮浪の人が、どうしたわけか持っていたのを見つけ、

「いくらで売る?」

といったら、

「五百円」

と、こたえたので、千円出して売ってもらったのだ。

そのころの私は、東京都の防疫課に勤務してい、上野の地下道へは毎日のように詰めかけ、そこに暮す人たちへ注射をしたり、アルバイトの学生諸君と共にＤＤＴの撒布をしたりしていたのである。

そもそも、私が〔小鍋だて〕をおぼえたのは、浅草にあった騎西屋とか三州屋とかの大衆食堂においてであった。

牛なべ、豚なべ、鳥なべ、蛤なべなど、いろいろな鍋物が一人前用の銅や鉄の小さな鍋へ盛り込みで運ばれて来て、これも小さなガス台に乗せられ、たちまちに食べられる。

豚なべなどは十五銭ほどであったろう。

まだ小学生だった私は、浅草へ行くたびに、この鍋ものが食べたくてたまらず、母がくれる二銭、三銭の小づかいをためこんでは食べに出かけたものだ。

十二か十三のころだから、まさかに酒はのめない。

はじめて入って行って、

「蛤なべに御飯おくれよ」

といって、いきなり二十銭ほど出すと、銀杏返し(いちょう)に髪を結った食堂のねえさんが、

「あら、この子、なまいきだよ」

と、いった。

それでも、月に一度ほど行くうちには、すっかり慣れて、

「ワカダンナ。今日は、鳥にいたしますか？」

などと、からかわれて、真赤になりながら食べたものだ。

それでも「いっぱしの大人の気分」が味わえて、なんともいえぬよい気持だったし、また、たまらなくうまかった。

むかしの東京の下町には、私のような「マセた子供」が、どこにでもいたものである。

小鍋立て論

東海林さだお

まもなく木枯らしの季節。

木枯らしとくれば鍋物。

おでんには和がらし、鍋物には木枯らし。

鍋物といえば、大きな鍋を大勢で囲んでワイワイ、がやがや、和気ワイワイ、とにもかくにも陽気、闊達（かったつ）、湯気モーモー、という風景が思い浮かぶ。

そういう賑やかな鍋がある一方、小さな鍋にたった一人、陰々滅々、寂寥々（せきりょうりょう）、とにもかくにも陰気、陰鬱、湯気ショボショボという風景が思い浮かぶ鍋もある。

小鍋立てである。

小鍋立てを広辞苑で引くと、「小鍋を火鉢にかけ、手軽に料理をつくり、つつき合うこと」とある。

広辞苑に異議をとなえるつもりはないが、何も火鉢じゃなくてもいいと思うな。

〔つつき合う〕ということは一人じゃないわけだが、ぼくは小鍋立ては一人のほうが似合うと思うな。

でもこの〔つつく〕というところはなかなかいいと思うな。

大鍋は「囲み」、小鍋だと「つつく」になる。

「つつく」という動作はいかにも侘しい。

なんかこう、いじけた感じがあり、暗く、寂しく、いいんだ、オレ、どーせいいんだ、と、ひがんでる感じもあって、こういうの、ぼく、わりと好きですね。

小鍋立ては陰気が似合う。

だって、一人で小鍋立てをしながら、手拍子なんか打って陽気に騒いでたらおかしいもん。

陰気は陰気だけどただの陰気ではない。

孤高の気配が感じられる陰気。

その周辺には、清貧、高潔の空気さえ漂っている。

そして、文学の香りも漂っている。

池波正太郎の小説なんかにもよく出てくるじゃないですか。

どことなく陰のある男、過去を背負った男が似合うのが小鍋立てなのです。

そういう空気を周囲の人々に感じさせるには、当然鍋の種類は限定されてくる。

一人、背中丸めてチャンコの小鍋立て、というのはいけません。

寄せ鍋の小鍋立て、というのもあんまり感心しないな。

じゃっぱ汁とかいうのもよくないな。名前がよくない。

キムチ鍋もやめたほうがいいと思うな。

辛くて激しく咳きこんだりして、水！　水！　とか叫んで、一人で騒いでいること になって小鍋立てが台無しになると思うな。

鍋物は最後にゴハンとかうどんを入れたりするが、だからといって小さな土鍋の小鍋立てに、うどんや食べ残した海老天とかカマボコを入れるのもやめたほうがいいと思うな。

それだと小鍋立てではなく、ただの鍋焼きうどんになってしまう。

清貧、孤高、高潔の小鍋立ては、材料がゴタゴタしていてはいけない。

ネギに白菜にほうれん草たっぷりなんてのも、なんだか所帯じみてよくない。

シンプル、これでなければいけない。

湯豆腐。これに尽きる。

少し譲って鱈ちり。ここまで。

つまり材料は豆腐と鱈。

これだけ。

と、鍋の種類と材料は決まったが、小鍋立てにはもっと根本的に大切なことがある。

これを誤ると小鍋立てそのものが台無しになってしまうほどのものです。

鍋です。鍋の形です。

いいですか、例えばですよ、居酒屋のメニューに湯豆腐があるとしますね。

値段が６００円というから、多分小鍋立て仕立てで持ってくるのだと思う。

はたして小鍋立て仕立てで持ってきたのだが、その鍋がアルミの片手鍋だったらどうします。

下宿時代に即席ラーメンを作って食べたあの片手鍋、その中に水と豆腐だけ。

多分、池波正太郎さんは怒ると思うな。

これはもう小鍋立ての絶対的な条件なのだが、小鍋立ての鍋には、鍋の両側に、あれは何ていうのかな、耳みたいな持つとこ、あれが付いていなければ小鍋立ては成立しないのだ。

絶対に成立しないのだ。

不思議だと思いませんか。

片手鍋の湯豆腐だって、湯豆腐であることに変わりはない。

だけど池波さんが怒る。

やっぱり小鍋立ては、江戸時代（？）あたり以来の、古い歴史をいまだに引きずっているせいなのかな。

そういうところに郷愁を感じつつ食べるものだからなのかな。

でもおれ、小鍋立てなんてめったに食べないな、というより、殆ど食ったことないな、と思っている人は多いと思う。

でもそういう人でも実はちゃんと食っているのだ。

気づかずに食っているのだ。

和風旅館に泊まると夕食のテーブルに決まって一品、固形燃料つきのコンロの鍋物が出てきますね。

まぎれもなく、あれは小鍋立て。

同じ小鍋立てではあるが、これまで述べてきた小鍋立てとはちょっと様子が違う。

いま流行のヘンテコな色とデザインの浴衣を着せられたおとうさんが、あの小鍋立てのフタを取り上げて、アッチッチなどと叫んで取り落としたりしているところに、孤高、高潔を求めるのは少し無理があるようだ。

鍋

獅子文六

冬が始まって、ものがウマくなるというのは、日本独特の現象ではないのか。霜が降りると、味を増すのは、菜類ばかりではない。年を越して、寒に入ると、寒ブリだの、寒ブナだの、魚までウマくなってくるというのは、どうも、不思議である。

初夏の食べ物も、悪くないが、私なぞは、冬を感じる魚菜の方に、心を惹(ひ)かれる。老人と冬は、ウマが合うのかも知れない。食物に味が乗るばかりでなく、何か、心が落ちついて、静かに、ものを味わうことができる。

十二月の声を聞いて、卒然と食べたくなるのは、まず、フグである。フグ料理店は、十一月から開業するが、やはり、冬景色になってからの方がいい。第一、橙(だいだい)が大きくなる。橙とフグの関係は、マグロとワサビ以上に密接である。

私は鮎(あゆ)の次ぎに、フグが好きだから、毎年、季節を待ちかねるのだが、いつ頃から味を覚えたのか。フグは江戸時代の縄のれんの食べもので、明治になってからも、下賤食だったし、私の家では、フグの毒を怖れ、食うべきものと、思ってなかった。ほんとは、東京の縄のれんのフグは、ショーサイ・フグで、無毒のものだったが――

私ばかりではない。東京で一般人が、フグを食べ出したのは、大正の欧州戦の好景気頃で、築地に「佐久間」という店ができた。下関のフグを、現今の形式のように、いわゆるフグ・づくりの刺身とチリ鍋のセットにして、商売を始めた頃からだろう。でも、その店は、実業家なぞが、珍らしがって、出かけるので、貧書生は、近寄れなかった。とにかく、フグの刺身というのは、それまで東京では行われず、縄のれんのフグも、フグ鍋に過ぎなかった。そして、下関風のフグ料理は、中毒しないという評判が、驚異的だった。

私がフグの味を知ったのも、その時代だった。私の渡欧は、大正十一年だが、その前年あたりの晩秋に、亡父の郷里大分県中津に、病いを養ってる伯父を、見舞ったことがある。

私は一週間、伯父の家に滞在したのだが、その間、毎晩、フグを食わされた。といって、チリ鍋であって、もし、刺身を出されたら、私も思い切って、箸（はし）をつける気にならなかったろう。

それにしても、初めてフグを食うのに、それほど躊躇（ちゅうちょ）を感じなかったのは、食いしん坊の生れにちがいない。そして、食って見ると、実にウマい。こんなウマい魚は、食ったことがない。木下謙次郎の『美味求真』にも、出てるように、あの地方は、フグの本場である。あの付近のフグが、下関の名店に、集まるのである。

最初の晩食って、翌朝、無事で生きてたので私は、一度で、味をしめてしまった。それで、伯母に、他の何の料理も出さないで、フグ鍋だけにしてくれと、頼んだ。今から考えると、どうも、危険な話だが、そのフグ鍋は、伯母の手料理なのである。フグをおろす時は、水洗いが大変らしいが、伯母も、その辺は心得てるのだろうが、家では、活きたフグしか買わないから、絶対大丈夫と、威張ってた。値段は、死んだフグの倍だそうだが、味もよく、中毒のおそれなしといってた。しかし、活きていれば、毒がないというのは、無論、妄断である。

伯父の家のフグ・チリは、今から考えると、フグ料理店のそれと、よほどちがっていた。骨つきのアラなぞは、一切、用いない。普通の刺身状に、身ばかりを、厚く切るのである。それを、沸騰する鍋の中に、平ガナの〝の〟の字を書く要領で、回転させ、すぐ、ポン酢に漬けて、食べる。つまり、長く煮るな、ということらしい。

純白な肉の軽さ、ウマさ。木下謙次郎に形容させれば、〝肉は清澄にして光輝あり、白玉の如く、味は嬌嫩(きょうとん)にして、甘膩(かんじ)なり。所謂(いわゆる)淡にして、薄ならず。肥にして、睺(こう)ならず〟ということになるが、つまり、サッパリしてるのに、味が深いという意味だろう。

この頃は、誰もフグを食うから、味を説明したって、仕方がないが、とにかくウマくて、ウマくて、一週間、毎晩食って、飽きなかった。添え野菜は春菊と豆腐だが、それも全部食って、残りの汁に、飯を入れて、雑炊にするのが、酒の後の愉しみだった。一つには、ポン酢に使う橙が上等だった。あの付近は柑橘類の名所で、伯父の家は、古い武家屋敷だったが、その裏庭には、橙、仏手柑（ぶしゅかん）、ザボンの類が、枝もたわわだった。

伯父の家のフグ・チリは、恐らく、中津の武家の料理で、フグに中毒して死んでは、主君に申訳がないから、生食の刺身は勿論、皮や内臓には、手を触れないという結果を、生じるのだろう。近くの別府へ行けば、極めて危険な内臓も食う。刺身は、無論である。別府は、町人の町で、ウマいものなら、何でも食うのだろう。

フグ通に聞かせたら、中津の武家流のフグ・チリなぞは、勿体（もったい）ないことをするといって、憤慨するかも知れない。あの絶味の白子なぞ、捨てて顧みないからである。でも、東京のフグ料理店を、食い慣れて見ると、骨ばかりのフグ・チリが、あじけなくなって、中津風のが試みたくなる。

フグの刺身は、東京で口にしたのだが、勿論、ウマかった。身も結構だが、皮だの、軟骨だのが、もっと好きになった。

ところで、一体、フグの刺身は、獲れてから何時間ぐらいたったのが、一番、美味なのか。普通、魚は活きたのを、すぐ食べるのが、最上とされてるが、フグは、その点、少しちがうらしい。『美味求真』にも、フグが腐敗しにくい魚であることが、書いてあるが、鯛なぞも、あまり新鮮なものの刺身は、硬くて、ウマ味がない。

死んだ「ふく源」の主人は、捕獲後十八時間が、食べ頃と称していた。あの主人は、典型的な九州人で、フグに一生をささげたような男だったから、その言を信ずべきだが、私の友人のフグ好きは、大分生れの福岡育ちで、活きフグに限るという。どっちに与(くみ)していいのか。刺身の問題は、微妙だが、私の経験では、フグ・チリの場合に限り、鮮度高き方がいい。中津のチリに匹敵するものを、東京では、一度も食ったことがない。

私もフグは好きだが、東京のフグ料理の高級化は、ちっとも感心しない。フグなんて、下賤の食べものにして置きたかった。縄のれんの食べものを、金持ちが手を出して、高い値段にしてしまったのである。飛行機で、下関から取り寄せるようなことをしないで、近海のフグで、間に合せたらいい。木下謙次郎に依(よ)れば、東海のトラ・フグは、バカにできない、逸品だそうである。

＊

初冬に食べたくなるものは、フグに次いで、おでんである。

十二月になると、無性に、おでんが恋しくなるが、若い時とちがって、一人で出かけるのが億劫になり、誰か連れをと思ってるうちに、新年になると、もう誘惑を感じなくなる。どうも、近頃、おでん屋へ行こうといっても、快諾する男が、少くなった。おかげで、毎年、おでんを食いそびれてる。

そんなわけで、近頃、どこにウマいおでん屋があるのか、一向、不案内である。一説によると、おでんというものは、儲からないので、小料理の方へ身を入れて、おでん鍋をおろそかにするから、ウマい店なんて、あるわけがないという。それが真なら、悲しむべきことである。

おでんは、ウマいものである。フランス家庭料理のポ・トオ・フウは、おでんに似てるが、私はおでんの方が、好きだ。そして、両方とも、熱いうちに、カラシをつけて食べるが、おでんは家庭でやっても、どうも、うまくいかない。おでん屋を訪れざるを得ないが、行くに値いしない店が多くなっては、困ったものである。

昔の東京には、ウマいおでん屋が、二軒あった。一軒は、神田須田町の「丸銀」であり、他は新宿のムーラン・ルージュの向側にあった、「三角」とかいう店であるが、共に、現存せず。

丸銀の方は、東京風のおでんで、多町に青物市場があった頃だから、そこの連中を顧客とし、材料も吟味した。おでんなぞ、材料はどうでもいいと思ったら、飛んだことで、いいタネを使う店は、のれんを潜った途端に、匂いがちがう。豆腐、ガンモ、大根の類よりも、ナマグサモノの竹輪、スジのようなものを、名ある店から仕入れたのと、駄ものでは、すぐ、匂いに現われる。従って、丸銀のおでんは、他店より少し高かったが、おでんなぞは、少し高い家で食った方が、トクなのである。

新宿の方も、材料はよかったが、ここはいわゆる関東だきで、関西風のおでんだった。恐らく、東京に進出した、最初の関東だきだったかも知れない。

関西風の薄味おでんは、最初は馴染めなかったが、酒を飲むには、この方が好適と、思うようになった。ことに、豆腐が、好下物だった。東京風おでんの豆腐は、焼豆腐だが、関西風では、生豆腐を用い、少し味のついた湯豆腐のような、煮え加減のを、カラシでなく、ネギの薬味で、食わせた。しかし、ガンモや芋は、薄味でもいいが、コンニャクは、東京風でないと、頼りなかった。

一体、おでん燗酒の趣味は、東京的であり、その証拠に、関西でも、関東だきと称してるが、かりに、おでん文化というものがありとすれば、今の時点では、関西に移ってると、思われる。

東京に、われこそはという店（丸銀のような）がなくなったが、大阪には、「たこ梅」が健在である。この店は、幕末以来ののれんを、誇ってるが、おでんで売った店なのか、それとも、独特の煮物のタコを、看板としたのか。とにかく、現在は、両方を食いに、客がくるのだが、他には、何もできない。しかし、明石産の中型のタコを、ここよりも味よく、柔かく食わせる店は、大阪にもないだろう。ただ、おでん鍋には、タコを入れない。おでんの味を出すのは、鯨の乾したアブラミの〝コロ〟らしいが、これは、ちょっと臭いけれど、慣れると、いうべからざる魅力となる。それから、東京なら、里芋か八つ頭を用いるところを、ジャガ芋である。私は、これは、感心しない。しかし、ガンモでも、練りものでも、いいものを使ってる。そして、酒がいい。錫の大徳利から、錫の大グイ飲みに、注いでくれるのだが、実に満ち足りた飲み心地に、誘ってくれる。

　この十数年来、私は大阪へ行くと、必ず、「たこ梅」の軒をくぐるが、数年前までは、先代のオヤジが、生きてた。曾我廼家五郎のように、ズングリした、典型的大阪人体軀で、一切、客と口をきかず、黙々として、カラシを溶いてた。この男が、何かの折りに、私に話しかけた時には、同行者が、奇蹟が起ったといって、笑った。爾来、仲よしになって、セガレが東京へ出る時には、タコを届けてくれた。そのうちに、オヤジは中気になり、臥床したが、何という執念であるか、自宅へは帰らず、タコとおでんの匂いのする店の一間を、離れようとしなかった。三年ほど前、大阪へ行った時に見舞ったら、元気ではあったが、ロレツが回らず、好色の話らしいことを始めても、意味が通じなかった。それから間もなく、オヤジは他界したが、彼の私に残した印象は、極めて強烈で、私が大阪弁に堪能だったら、一度は、彼のことを、作品にしたかも知れない。

「たこ梅」は、大阪の誇りになるおでん屋だが、その他にも、北のお初天神の近くに、優秀な店があるらしい。また、京都にも、一軒、よい店があると、聞いてる。それらの店は、材料を精選するのみならず、できる限り自製すると聞いたが、優秀おでんの秘訣は、その辺にあるのだろう。現下の東京に、それだけの心がけの店が、ありや、なしや。

しかし、寒夜の路上から、おでん屋の店内に入った時のあの匂い、そして、鍋前でつつましく、酒を飲んでる客——その雰囲気は、私にとって、若い時から、無上のものであり、他のどんな種類の飲食店にもまさった。所詮、私は貧乏性の生れなのだろうが、下司(げす)の味を知って、不幸と思ったことは、一度もない。

ああ、今年もまた、おでんが食いたい。

*

私の貧乏性は、近年、馬肉鍋の味を知るに至って、極限に達したが、老人の肉食として、これ以上のものはない。しかし、馬肉のことは、他所(よそ)でも書いてるから、ここでは触れない。

冬の食いしん坊は、どうしても、鍋料理に尽きる。本来、鍋からジカに食事するのは、下司の習慣とされた。確かに男子の品性を、養う所以（ゆえん）ではない。

私が子供の時に、母親が牛鍋をしてくれると、大喜びだったが、牛肉は、せいぜい百匁しか買わず、それを一家で食うのだから、骨肉相食（は）む事態も起きてくる。

「兄貴、肉ばかり食ってやがらア」

と、弟から、痛烈な糾弾を、受けた。私としては、食いたくもないネギや豆腐にも、手を出してるつもりなのだが、やはり、度数が少くなるのだろう。大勢でスキ焼を食うエチケットというものが、要求されるわけだが、一方、弟と肉を争った時代が、ひどく懐かしく、品性の下落も、ものかはである。

鴨（かも）のスキ焼を食べるようになったのは、もう、初老の頃だったから、箸の合戦を闘わすこともなかった。私の家では、いわゆるお狩場焼にするのだが、鴨には合ってるようだ。もっとも、スキ焼の鋤（すき）の語源は、きっと、お狩場焼の鍋の形から、きてるのだろう。

私がお狩場焼を知ったのは、宮内庁の御猟場に、招かれた時だった。自分の網で捉えた鴨を、あまり風情のない食堂で、お狩場焼ということになってるのだが、ほんとのところ、自分で獲った鴨か、どうか、疑問である。獲れたての鴨は、あまりウマくないから、数日前の獲物かも知れない。

御猟場の鍋は、やや大型で、鉄の質もよく、絶対に焦げつかない。生醤油（きじょうゆ）をかけた鴨の肉と、ブツ切りのネギだけで、それを鍋に入れて、あまり焼け過ぎないうちに食べる。単純といえば、これほど単純な料理もない。しかし、味は、結構だった。お酒（日本酒）も頂いたが、制服のお役人のお酌は、何だか、おかしかった。

その時、ちょっと聞いた話だが、御猟場でご馳走になる場合に、モツを頂きたいというような通は、断じて、列（なら）べるものでないらしい。モツなぞというものを、招客に出すのは、非礼になってる。といって、捨ててしまうわけではなく、鴨を料理する係員の役得となるらしい。その秩序を破るような註文は、避ける方がよろしい。

私は鴨が好きで、鴨の臭気も、嫌わない。あまりサッパリした鴨は、食ったような気がしない。一昨年だったか、宍道（しんじ）湖の鴨を貰ったが、これは、脂の乗り工合も、臭さも、満点だった。

*

鴨で思い出すのは、パリの銀塔亭（トゥル・ダルジャン）である。遠い昔から、パリにくる日本人は、そこの鴨料理と、プルニエの魚料理へ案内される例だが、両方とも、日本向きといえるのだろう。

私が最初に銀塔亭へ行ったのは、四十年以上も前で、その頃は、世紀末風の建築で、店の空気も、食器類も、古風で、重厚だった。

そして、問題の鴨料理だが、まず、色よくローストしたのを、銀盆に載せて、受持ちのボーイが、見せにくる。こんな焼け工合で、いかがでしょうというつもりらしい。無論、客は頷く(うなずく)だけで、文句はいわない。

その鴨を、今度は、チーフ・コックが現われ、車輪つきテーブルの上で、料理して見せるのである。まず、鴨のテバや胸の肉をおろし、それから、ソースづくりにかかる。アルコール・ランプの上の銀鍋に、鴨の血や、香料や、数種の酒を加え、ソースをつくる。小脇に、ナプキンをはさみ、両手にスプーンとフォークを持ち、慣れといいながら、手順よく運ぶ動作が、ちょっとイキなものである。

そして、そのソースの中で、鴨の肉をちょいと煮て、席へ持ってくる。確かにウマい。肉の適度の柔かさといい、ソースの味といい、立派なものである。

そして、客の食べ頃を、見計らって、ボーイが、お代りを、聞きにくる。前に、腿の肉を食ったのなら、今度は、胸の肉はいかがと、いう風である。現在の私なら、一皿で結構だが、昔は、お代りを辞さなかった。

そのソースづくりをやるチーフ・コックは、私の最初行った頃には、有名な料理人で、劇作家のイプセンそっくりの顔つきだった。私は、イプセンに『鴨』という名作のあったことを、思い出さずにいられなかった。そして、帰る時には、銀塔亭で、記念カードをくれるが、それには、貴下の食べたのは、開店以来何万疋目の鴨であると、番号が入ってた。

ところで、この鴨料理の鴨は、ほんとをいうと、ホンモノではないのである。合鴨（アヒル）なのである。もっとも、日本人が勝手に、鴨料理と呼んでいるので、銀塔亭では、キャナール（合鴨）と、メニュに書いてある。もし、鴨を用いるなら、キャナール・ソーヴァージュ（野鴨）と、正体を示すだろう。

しかし、野鳥を用いては、この料理は、店の看板にならないだろう。野鴨は季節だけしか、手に入らぬ鳥だし、また、形の大小もあり、商売がしにくいにきまってる。そこへいくと、合鴨には、そういう欠点がない。また、フランス人は、合鴨を珍重し、始めから、それを食うつもりで、銀塔亭へくるのである。鴨でなければ、季節の詩情を味わえないというわけではない。

この鴨料理（アヒル料理）は、銀塔亭の専売ではなく、名ある料亭では、よく見かけた。しかし、銀塔亭のが、ウマかったから、評判になったのだろう。そのウマさは、ソースからきたのだろう。日本の大食通北大路魯山人は、銀塔亭へ行って、ソースの代りに、持参のミソや醬油をつけて食ったそうだが、つまらぬことをしたものである。

しかし、銀塔亭も、改築以来、店内の空気も、食器類も、新しくなり、かえって、昔日の権威を、墜(おと)したようである。日本人やアメリカ人は、相変らず食べに行くようだが、フランス人は、あの値段なら、他の店を選ぶだろう。

＊

さて、一年間、長々と、書き連ねたが、なにが好きだの、かにがウマいのと、人に語ることが、あまり、意味のあることとは、思ってない。

一人で、自由に食ってれば、いいのである。

河豚

吉川英治

×

おととしより去年、去年より今年と、一冬ごとに東京に殖えて来たものに河豚料理がある。街の灯が白くなる冬になると、河豚屋のかんばんが食通横丁に俳味を燈す。

×

県令を以て、「河豚料理販売ヲ禁止ス」の県は、今でも地方にある筈である。東京にその制が解かれたのもつい近年のことだそうだ。僕が味を覚えたのは、六、七年前で、多分直木の好みであったろうと思う、われわれ達で雑誌を出そうという話があり、新橋の大竹に集ろうというので行ってみると三上、大仏、佐々木、直木などの連中が、雑誌の話などはいっこう出ずに、箸（はし）と妓と杯に終っている。そこで、真ん中にいたのが、錦手の大皿に紫陽花のごとくならべられてある僕には初対面の河豚の肉だった。

×

いやだというのに、この晩、ヒレ酒の味を僕に覚えさせたのが三上於菟吉（おときち）で、飲んでみると口あたりがいい、こっぷ酒など、見ても眩（めま）いを催す僕が、うかと二、三杯やったために、この夜の帰り途、君子の過ちに似た事を起して、僕は旅の空で一年暮してしまった。決して、於菟吉のせいではない、やっぱり河豚は中（あ）たる。

×

行動的の中毒（あた）り方はいろいろあろうが、食後三十分間後、すぐに死斑（ジアノーゼ）を顔に生じるような怖れなどは、絶無だと僕は信じるほうの組だ。河豚をこわがっている人が、自動車に乗って東京を歩くなどは以てのほかだろう。下ノ関の大吉だか春帆楼（しゅんぱんろう）かで、頭山満（とうやまみつる）翁が、卓上の料理が河豚だと聞くと、いきなり起（た）ってそれへ小便したという話はあるが、あの頃よりは、河豚の科学はずっと進歩している。危険率も今日の都会の如くでなかったから、河豚といえど避けて通る理由があった。

×

長州の旧藩制度には、家士にして河豚を食して死んだ場合は、家禄没取、家名断絶というきびしい掟があった。だから、萩や山口の藩士が河豚を食うのは、生命がけどころか、先祖末代がけであった。そのせいもあろうが、ほんとの河豚料理法はここで発達したものだという。下ノ関が、河豚の本場のようにいわれだしたのは、河豚癖のある伊藤、山県、井上、などの維新の元勲たちが、お国物を阿弥陀寺町で鼓吹したためで、明治以後の地理的発達によるのだと、萩の河豚党は、今も宗家をもって任じている。

×

出雲の大社あたりでは、旅館の膳にも河豚がつくそうである。山陰あたりでも冬は河豚が盛んに供されるそうだが、まだ裏日本の河豚は僕は知らない。「なめらふぐ」という種類で、まずいという人もある。金沢の卯の花漬は、焙(あぶ)って食べるもので、これは人が珍重がる。萩の桜漬も焼いて食うのであるが、チリ、刺身を思っては、その味は遠い。

別府に、冬を半月ほど暮していた間、晩になると河豚をたのしんだが、味もよし、女中のあしらいも綺麗事で、東京に近ごろ殖えたのとは比較にならない。白いキモと春菊の真っ青なのが焜炉の火のうえでコトコトと音立てている冬の夜ほど温かに囲まれたいという気のするものは他にない。

×

あれほど美味いという河豚も、もしあの刺身の黄橙酢に添える浅葱と、チリ鍋に入れるこれが冬の畑の物かと眼を醒ますような青々した春菊がなければ、僕は箸を出す気になれまいと思う。

その春菊は、東京の八百屋にもあるが、かんじんな浅葱がない。いつぞや、岩崎栄が電話で今夜河豚を持ってゆくから、野菜の添え物はそちらで頼むとかけて来た。新聞社から提げてくる河豚などは、金輪際迷惑のいたりだから断るというと、馬鹿にするな、見てからものを申してもらいたいと云う。やがて、提げて来たのを見ると、木箱とブリキのハンダ付で三重に密閉され、その間は氷詰になっている。聞けば、知人の贈り物で下ノ関から着いたばかりだとある。春菊や浅葱や卸しものまで、美術的に詰めてあるのだ。これなら食べると、ちょうどよい来客も入れ、五、六人して取りかかると、野菜物が先から付いて来ただけの分では足らない。そこで、女中を八百屋に走らせると、春菊はあったが、浅葱になると、まるで駄目だ、いわゆる分茎という似て非なるもので、特有な香がないし、あの細かに刻んだこぐち切の葉の粒を糸切歯でかむ時のピリとした薄い刺戟もない。

×

こまるのは、これからの冬、河豚を一夕やると癖になることだ。雪もようになると河豚を思う、灯ともし頃になると河豚が恋しくなる。河豚マニアは、佐久間とか、大隈とか、福屋とかああいう一流河豚屋の余りに潔癖すぎた物では、食べたような気がしないとさえ云って、場末の怪しげな安値(やす)いおでんや兼業の河豚屋などへ首をつッ込み、近海もののトラ河豚の水っぽいのを食べて、帰り途に、中風のなりかかりみたいに、唇を痙攣させて欣(よろこ)んでいる連中もある。

×

分析科学では、毒は、河豚の卵巣が主で、肉、血液にはないとしてあるが、いちばん怖いのは、日数の経った古い品物らしい。学者の発表にはまだ見あたらないが、大隈の主人に云わせると、その卵巣よりは、河豚のヒレの下や腹にくいついている微小な寄生虫が猛毒そのものだと説を為している。それを料理人仲間では、「蝶々」と俗に云っているそうだ。取って壜(びん)の水に入れてあるのを見ると、米つぶぐらいな虫で、なるほど蝶の形に似ている。本河豚にも、トラ河豚にもいるが、ヒレに付いているのはヒレの色をしているし、腹についているのは腹の色をしているので、よほど注意しないと見つからないと云っている。

×

「大草家料理書」に、ふぐ汁料理に、しきみの木、古屋の煤、堅く嫌うべし。とあるのは、古事類苑や、その他の辞書類にも、よく転載してあるが、どうして、河豚と、しきみ木と、古屋の煤とはいけないのか、僕にはわからない。

蘇東坡が食べたのも、ふぐ汁であって、さし身ではないらしい。江戸時代の料理書にも、さし身はない。震災前まで人形町あたりに流行っていた「しょうさい」鍋は、河豚の一種に、鯯魚という名があるので江戸人につかわれた俗語であろう。江戸人はまた、河豚の異名を鉄砲とよんだが、銚子の漁師は、富籤とよんでいる。——後者は、中たりっこなしというのである。

×

毒に中たった場合は、昔から口伝が多い。——山梔子の実を噛ませると吐く。黒砂糖を白湯でのむ。塩の汁をたくさん飲む。樟脳を湯にたてて服用する。などは松屋筆記の記載。今の料理でも用いられているので、茄子と共に食べると中たらないという予防法などが云い伝えられている。中たっても、土中に生き埋めすると癒るという伝説を、実際に体験した者に、清水次郎長と、角力の福柳とがある。

下ノ関あたりでは、下宿のおかみさんが、魚屋からぶらさげて来たのを、夕方の台所でじゃぶじゃぶやって、すぐ下宿人に食べさせるぐらいだからなどと云って、素人がそんな真似をしたら、保険会社から自殺と見られてもしかたがない。

俳人では青木月斗がすき、文壇人では久米正雄、永井龍男、三上於菟吉、女優の山路ふみ子もたべる。実業家などにマニアが多いらしい。女はわりあいに初めてでも平気で舌に載せる。自分の良人が食べているのに食べないでいることは、貞節にかかわると思うのかも知れない。しかし、怖々食べているのでは真味が舌の細胞へゆき届く筈はないから、河豚はやはり四、五度ぐらい食べてみないと味はわからないものと云えよう。そして、そこに至ると、どうも家族にも友達にも、ついこの味を分らせたくなって僕などは自分でもいけないと思う。いくら料理が進歩しても、やはり毒魚である。秋里随筆なども、備後鞆ノ津の名物ふぐ汁を紹介しておいてその末尾に、

――されど、主親につかふる者は食することなかれ、はからず不忠不孝の名を下すべし、且その人品を損なふことありと誡しめている。

「――人品を損なふことあり」と考えると、いくら馴れてもやはり実は微かにこわい。量を慎しめばよかろうと、密男のように少しずつたしなむことで慰めているのである。聞くならく坐漁荘主人の西園寺公も、甚だこれを好むということである。国家の元老の老い冷えがちな冬の夜の血液を暖めるに役立てば、河豚もまた国力に関わりがあると云える。これで毒がなかったらなどという望みは、逸民の慾だ、ちり鍋の春菊が赤くなった頃によく出る囈言である。

鳴るは鍋か、風の音か

神吉拓郎

なにかの集りの帰りに、気のおけない友人たち何人かで、ちょっと温まろうということになった。

誰かが、

「湯豆腐を喰おうじゃないか」

と言い出して、たちまち相談が出来かかった時に、一人だけ異を唱える男がいた。

「僕はいやだ。どうしてもというんなら、帰る」

と、一人で駄々を捏(こ)ねている。

云い分によると、その男のうちでは、三晩続けて湯豆腐をしたそうである。

三晩めに、流石(さすが)に少々飽きて、

「もう、当分いいや」

と、宣言したばかりだそうで、その説明が、笑いを誘った。

そんな具合で、世の中には、湯豆腐好きが、多いということがわかる。本当の好きとなると、一ト冬、毎晩湯豆腐を欠かさない人もあるらしい。

さて、これには後日譚がある。

翌日、最後まで残っていた一人から電話が掛って来た。のっけから、

「あの歌の詞を知ってるかね」

という。なんの歌だろうと思っていると、

「〔豆腐の始めは豆である〕というのがあったろう」

と、嬉しそうに笑った。

なんでも、かなり飲んだあげくに、その歌を合唱して散会することになったのだが、歌詞がうろおぼえで見事な合唱にならなかったのが残念だという話なのである。

そこで、早速教えてやった。

ご存じのように、昔、お元日に歌った〔年の始めのためしとて……〕というのの替え歌である。

そして、〔尾張名古屋の大地震〕の〔尾張〕は、〔年の始め〕の始めに対応すると同時に、〔松竹引っくり返して大騒ぎ〕になるような地震が〔大（おお）あり〕と掛けてあるので、そこを玩味しなければいけないということや、〔芋を喰うこそ悲しけれ〕という

のは取らず、〔愉しけれ〕とする方が、含蓄に於て勝るように思うので、私はそう歌っていると付け加えた。

「下らないことを、よく憶えてらあ」

と、電話の向うの男は、感心したような、馬鹿にしたような感想を洩らしたが、まったくその通りで、申しわけない。


豆腐の始めは豆である。

その豆が旧満州から来なくなってから、豆腐事情があやしくなった。

その後、アメリカ大豆で、豆腐が大量生産されるようになり、今度は豆腐屋がやる気をなくしてしまって、もうウマい豆腐を作る店は、数すくなくなってしまったようである。

ウマい豆腐屋のそばにわざわざ引っ越したとか、はるばる車を飛ばして買いに行くという涙ぐましい話も聞く。東京のまんなかにいても〔豆腐屋へ二里〕の風流を味わえる時代になったのである。

海岸の町に住んでいた頃、隣町にウマい豆腐屋があって、バスに乗っては、その店まで買いに行った。

そのうちに主人と話をするようになったが、豆腐屋の敗北主義は、すでにこの地方にまで及んでいて、ここの夫婦も、浮かぬ顔をしていた。

浮かない顔で、油揚を包み、おからを玉にし、豆腐を掬ってくれるのだが、その、ぼんやりした顔つきとは関係なく、豆腐の方は大てい出来が良い。おからは、釣りの撒き餌の増量をするために買うこともあったが、見ているうちに段々勿体なく思えて来て、あらかた人間が食ってしまった。

そういう風に、折角馴染みになった店だから、おいそれとやめてしまわれては困る。〔伝統を守り、豆腐を食おう市民連合〕とか〔生揚げ保存会〕とか、流行の市民運動を展開して、その豆腐屋を盛り立てなければならないかと思案しているうちに、東京あたりからその近辺へ移住してくる人が増え出し、その豆腐屋の客もどんどん増えた。さびれていた店先に、人の出入りが烈しくなり、浮かない顔だった夫婦が、生色を取り戻して、どうやら安心というところで、今度は私たち一家が、東京へ帰ることになってしまった。世の中は、どうもうまくいかないものである。

その豆腐屋は、今も盛業中だそうで、思うに、スーパーの豆腐に飽きた人たちが、また豆腐屋製の豆腐へと戻って来ているらしい。

工場製の豆腐は、なにを使って固めてあるのか、得体の知れないところがある。いったいに、食品が大量に作られるところというのは薄気味の悪いもので、私の知合いは、工場を見学したばっかりに、好物だったカマボコや半ぺんを喰う気にならなくなったと歎いていた。なるほど魚の加工品などは、どうも出来る現場を見ないほうがよさそうな気がする。たとえばあの、クリスマス用のデコレーション・ケーキなども、半年くらい前から作って、作るそばから冷凍にして貯めて置くのだそうだ。あの、文字通りデコデコしたデコレーション・ケーキが、ベルトに乗って無限に出来てくる光景を想像すると、食慾など、どこかへ消し飛んでしまうのが普通であって、想像しただけでそうなのだから、毎日そのケーキの行列を眺めている従業員は、とっくに、それが口に入るものだという感覚を失っているだろうと思う。そして、そこらへんに、なにか常識では考えられぬことの生ずる余地がありそうな予感がする。

しかし、ものには例外があって、醸造工場を見学した酒のみが、以後、のむ気をなくしてしまったという話は聞かない。酒には、飽き足りるということがないのか、酒のみの神経が、どこか違うのだろうか、例の養老の滝の伝説まがいに、水道の蛇口を捻(ひね)ると酒が出て来るということになったら、酒を飲む有難味は下落してしまうような気がするが、のみすけは、やっぱりその都合のよさを喜ぶのだろうか。

鍋を据えて、豆腐の熱くなるのを待ちながら、湯豆腐のよさというものがいったい何処にあるのかと考えてみると、これにはいくつもの答がありそうである。

まず、湯気がある。

湯豆腐の湯気は、牡蠣鍋ともフグちりとも違う。淡く、柔かな湯気だ。寒気のなかで、こわばる気持をほっと落ち着かせ、ときほぐす湯気だ。

次に、音。

茶事の、老湯の奏でる音が松風ならば、この鍋のたぎる音は、谷を渡る風かも知れない。都会の日常の、雑多な音のなかに類のない、年月を越えた音である。

そして、白のさわやかさがある。

フグの白、イカの白、と、また異った、豆腐の白の簡潔。

加えて、味の心配がいらない。

豆腐も、昆布ダシも、醬油も、すべて出来た味である。どう組合せても、出来上りに一喜一憂する必要がない。昆布の引上げどきと、豆腐の煮え加減だけに留意すれば、万事は足る。

いちいち挙げればキリがないが、そういう湯豆腐の長所を一括してみると、共通するのは、安心ということである。

安心というか、気易さというか、とにかく、われわれが、湯豆腐の鍋を囲んで、手に入れようとしているのは、そういう種類のものらしい。

これが、たとえば、相手が有名店のステーキであったり、一卓の中国料理であったりすれば、それに向おうとする気持は、おのずと違ってくる。

御馳走に向うには、それなりの気の張りとか、心構えが必要なのだ。後で支払う勘定のことも、当然そのなかに含まれているのである。だいたい、自分の勘定を払わなければ、御馳走を食べる醍醐味というのは逃げて行ってしまう。女にものの味のわかる人がすくないのも、自分で金を払うことがすくないせいなのだが、これはこの場の話題ではない。

とはいうものの、ものを食べる度に、いちいち心構えなど持っていられるものではない。それでは草臥れてやりきれない。そこで気易く食べられるものの必要が出てくる。日頃御馳走に立ち向っている人ほど、こういう気易い喰いものの有難味を感じるわけで、湯豆腐を有難がるまでになるには、かなりの道程を経なければ、そうはならないという論理もある。

そんな具合に、わけのわからない理屈を頭のなかで捏ね廻しているうちに、鍋のなかの豆腐は、ほどよく熱くなって、食べ頃になる。ひと箸、口に入れてみれば、理屈ぬきにウマく、安堵の思いが、胸の奥にひろがる。醤油のなかに、酢を落す人もいるし、辛子を使う人もいるが、それはそれぞれで、好みに立入ることはあるまい。

こうして、湯豆腐を堪能しながら、次に思い浮べるのは、金聖嘆という人のことだ。彼は昔の中国の文人だそうだが、彼の筆になるもののなかに、「人生の愉快なひとときに関する三十三節〉と題した一文がある。

私は、何によらず、愉快で楽しい作品を好むたちなので、この種の文章に目が無い。林語堂『生活の発見』阪本勝訳から、その片鱗を紹介してみよう。
一、甕から水の流れ出るように、自分の子供等が昔の文章をすらすらと暗誦している。それをわたしはじっと聴いている。ああ、これまた愉快なことではあるまいか。
一、旅人が長途の旅から帰ってくる。なつかしい城門が見えるし、河の両岸で、女たちや子供たちが、国の言葉で喋っている。ああ、これまた愉快なことではあるまいか。
一、誰かのあげている凧の糸がきれる。それがどこまでも飛んでゆくのを眺めている。ああ、これまた愉快なことではあるまいか。
——そんな具合に、三十三の愉快なことを列記してあるのだが、人間の官能と精神がぴったりと結びついた本当の愉快さが、ほとんど網羅されていて、読むだけで、無限に胸が開けて行くような思いがある。

この金聖嘆の三十三章のことを、以前、誰かに話したところが、その男は、

「たとえば、この湯豆腐を喰うときの楽しさなどというのも、それに加えて然るべきだと思うがね」

と、いった。

　なるほど、そういわれてみれば、その通りで、親しい友人と鍋を囲む楽しみは、まさに人間の官能と精神が愉快に結びついた好例に違いない。

　それも、すき焼きや葱鮪（ねぎま）では、やや濃厚に過ぎて、適当とは思われず、湯豆腐の淡さこそ、それにふさわしいという気がする。

「ただ、官能的ということからすると、どうも、もの足りないんじゃないだろうか」

　その感もあって、とつおいつ考えあぐねた末に、その男が思いついた。

「女を配してはどうかね。男ばかりだから、どうも侘（わび）し過ぎるんだ。どうだい、いっそ差向いにしたら」

　それは卓見である。

　男女の組合せをもとに、次第に背景小道具をつけ加えて行くと、やがて、それが一幅の絵に仕上った。

　金先生の流儀に習うと、それはおおむね次のようになる。

　一、きぬぎぬの朝、目をさますと、女の姿がない。

　どうしたのかと思っていると、境の襖が開いて女が顔を出すと、

「お目ざめなら、こちらへいらっしゃいよ」

という。

　見ると、炬燵（こたつ）の上に湯豆腐のお膳立てが出来ていて、ゆらゆらと湯気が上っている。

外の雪はやんで、障子は一面の柔かな陽ざしだ。

女は徳利の燗(かん)を気にしながら、私の盃を満たし、顔を寄せて、

「何時だと思って」

と、いたずらっぽく笑う。

鳴るは鍋か、風の音か。


——この場合、豆腐はやはり絹ごしでなければなるまい。

水戸・烈女と酒を汲む（抄）

宇能鴻一郎

関東では昔はフグが少なく、かわりにアンコウを喰った。中でも、水戸でもっとも盛大に喰った。助さん格さんを従えた水戸黄門が、アンコウナベをつつきながら大日本史を編んだかどうかは知らないが、桜田門に井伊大老を襲った水戸浪士たちや、天狗党をひきいて勤皇を志した武田耕雲斎などの下級武士が、ガクガクの議論を戦わしている車座の真ん中で、この安い温かい料理が、ぐつぐつ煮えていたことは、まず確かだと思われる。

昭和に入ってからも、二・二六、五・一五、血盟（けつめい）団などの、クーデターの首謀者は、多く水戸出身者だった。とすると、アンコウにはどうやら、若者の頭に血をのぼらせ、憂国の至情に燃えて過激な行動に走らせる、毒素があるのではあるまいか。

そのアンコウ料理が、水戸では今年は、十一月の十日からはじまるというので、さっそく出かけてみた。上野から急行で二時間たらず、小春日和の水戸市内には、何軒もの料理屋が早くもアンコウ鍋の看板を出している。

本格的な店のなかでは一番安い「山翠」に入ってみた。玄関のすぐ左が調理場で、はじめてお目にかかる巨大なグロテスクな魚が顎を天井のカギにひっかけられて、だらしなくぶらさがっている。長さ一メートル以上はあるこの魚の、人間ひとりぐらい丸のみにできそうな口から、まずヒシャクで水をつぎこみ、適当に安定させてから包丁を入れるのが古いやり方だそうだ。

「アンコウは深さ二百メートルぐらいのところにいる、準深海魚ですから、体がブヨブヨしています。マナイタに横におくと、つぶれてしまって切りにくいので、こう吊して切るわけですね」

板前の大谷さんが説明しながらヒレをはねる。チョウチンを取る。腹を割く。すると体の半分ぐらいを占める、巨大な胃袋が、割け目からあふれ出した。その胃袋を裂くと、おどろいたことに、長さ二尺ちかいアンコウが二匹あらわれた。その一匹はさらに体より大きいカレイを呑みかけている。

それからイカが出る。カレイが出る。ウニが、あの鋭いトゲも半ば溶けてあらわれる。胃から出た魚だけで机のヒキダシほどのバットにたちまち山盛りとなった。この店ではこうした副産物は捨ててしまうが、漁師などはこの楽しみがあるから、アンコウ獲りが止められないのだそうだ。アンコウはいくら安くとも、腹のなかからタイの二匹も出れば大もうけだからである。

「この、目のまえにヒモが出てますね。これをチョウチンというんですが、海底にねそべったままこれをヒラヒラさせると、他の魚がエサだと思ってよってくる。そいつをパックリやるわけです」

　しかし、いつも寝ころんでエサを待っているわけではなく、ときには海面ちかく浮きあがって、浮いているカモメなどを一呑みにする。アバラ骨も、ウロコもないので、いくらでも体がひろがるが、大きなアホウ鳥を呑んで、浮力がついてしまい、沈もうにも沈めないでいるところを漁師につかまえられたという、バカげた話もある。これは、一番うまいホンアンコウという種類だが、やや小さいチョウチンアンコウなどは、雌は巨大なのに雄はごく小さく、それも全身が生殖器官で、生まれるとすぐ雌の下腹にとりつき、雌の皮でつつまれ、雌の体から血を貰って生きているという。ますます妙な魚である。

　話しながら大谷氏の包丁はあざやかに動き、大アンコウはたちまち顎と背骨だけの哀れな姿となりはてた。肉や七ツ道具と称する内臓は片っ端から、隅の大釜に叩きこんで下煮する。こうして火を通すと、肉も内臓も皮も縮んで、もとの何分の一の大きさにまでなってしまうというから、さいごまで人を馬鹿にしている。

うらうらと陽のさしこむ座敷に、やがてナベが二つと、大皿に盛ったアンコウの、はじけてちぢれた白い肉が運ばれてきた。一つはチリ、一つはナベで、後者は煮汁にダシが入っている点が違う。別に小皿にすり流した味噌をそえ、内臓や皮や肉を美しく茹(ゆ)であげて盛ったものが出されたが、これこそ水戸の名物中の名物アンコウのトモズであった。

地元の酒「一品」を傾けながら、さっそくつついてみる。ナベやチリは、正直に言って、東京で喰うのとさして違いはなかったが、トモズが絶品だった。

この味噌はアンコウのキモをすりこみ、板にぬりつけ、炭火であぶり、香ばしくしたものだという。これに皮だの胃袋だの卵巣だのをつけて喰うのだが、タレの濃厚さと身の淡白さが、口のなかでしだいにまざりあい、ひろがってゆく味覚には、得もいわれぬものがあったのである。

何よりもすばらしいのは、この料理の舌ざわりというか、口腔に与える感触の快適さである。あるいはフワフワし、あるいはプリプリし、場所に応じてベロッとしたり、デレデレしたり、シャキシャキしたりの、ほとんどありとあらゆる柔らかい感触のハーモニーが口中で楽しめる。一品を食べるごとに「一品」で舌を洗いながら、朝から何も喰わないでできた空きっ腹がこうした美味でしだいに満たされてゆく幸福感に、ぼくは陶然となった。

　じっさい、味覚について語られることは多いが味覚の重要な一要素である食物と口中粘膜、ないし歯との接触感については、いままで語られることがあまりに少なすぎたのではあるまいか？　口腔粘膜の触感が、人間の存在感の大きい部分を占めているとぼくは思うのだが、でなければ接吻などという行為はとうに死滅していたはずである。

　アンコウのトモズの舌触りは少なくとも接吻よりは多様である。喰いちぎり、咀嚼(そしゃく)して味わっても、傷害罪に問われることもない。もちろんこちらの唇や舌に噛みつかれる恐れもなければ、強制猥褻(わいせつ)罪で刑務所にブチ込まれる気づかいもない。さらに、大ていの接吻よりは、十分に煮沸されたアンコウの肉のほうが、はるかに清潔で、かつ衛生的なはずである……。などと酔っぱらって女中さん相手に喋(しゃべ)っているうちに、箸(はし)はひとりでに動き、たちまちトモズ三人前を平らげてしまったのである。

　アンコウ喰いが、全身これ胃袋のアンコウになってしまってはサマにならない。しかも今夜は、水戸市近辺に深く静かに潜航する予定もある。

　というのは、実はぼくはこのごろ東京のバー、キャバレーの高さ、つまらなさに、いよいよアイソをつかし、東京ではいっさいそうした場所には足をむけぬことに決心したのである。東京では別の遊びをし、且つせっせと仕事をして小遣銭をため、月に

二、三度、横浜とか川崎とかの近郊都市にでかけて、そこでバー、キャバレーの遊びだめをする。そう決心した矢先の水戸行きであるから、アホウ鳥を呑んだアンコウの如く、喰いすぎて浮力がつきすぎては、いささか工合がわるいのである。

そこで、まだ未練はあったが、アンコウ料理は以上で打ち止めとし、市内探検にでかけた。

衝撃のスッポン初体験！

中村うさぎ

読者諸君よ、聞いてくれ！　先日、中村は「スッポン初体験」をしてしまった。スッポン……誰が名づけたのか知らないが、なんとマヌケなその響き。しかし、その味と効果は、決してマヌケなんかじゃなかったぞ。てゆーか、凄いわ、スッポン。腰抜けたわ（笑）。

中村がスッポンを食したのは、大阪千日前の「丸元」という店であった。スッポンは高級料理というイメージがあるが、さすが大阪、激安である。コースが五千円よ、五千円！　もしかしたらスッポンじゃなくて、何か別の亀が出てくるのでは……などと危惧した私であったが、たとえニセスッポンであっても（そーいえば、『不思議の国のアリス』に、ニセ海亀ってのが出てくるなぁ）、あんだけ美味（うま）けりゃ文句はないさ。

まずは「生き血のリンゴジュース割り」ってのが出てくるのだが、ものすごく気持ち悪いイメージを抱いてた中村は、そのクセのない味にビックリ。おいしーわ、生き血。ドラキュラの気持ちが、ちょっとわかるわ。

で、お次は「肝刺し」。スッポンの生肝を、海苔で巻いて食す。生のアン肝みたいな感じで、これまた美味。もともと中村はレバ刺し大好き女なので、こーゆーのに目がないのである。つるり、つるつる。お口の中は、幸せいっぱいじゃ。

そして、メインの「スッポン鍋」。とろとろに煮込んだゼラチン質のスッポンは、牛スジよりも柔らかく滋味豊か。コラーゲンたっぷりだから、お肌もピカピカよっ！

「うさぎさん、スッポンは効きますよ〜。私なんか、スッポン食べた翌日は、お肌がツルツルですよ。踵までツルツルなんだから！」

同行の編集者F澤社長（女）に言われて、すっかり期待に胸ときめかしちゃった中村うさぎ四十三歳。ホホホホッ、明日が楽しみだわ〜っ、と、思ったら……！！

なんと、翌日どころか、数時間後に速攻、効きましたわい！　身体がポッポッと火照ってきたと思ったら、膝や太腿のあたりがツルツル……いや、ツルツルどころじゃねーよ、ヌルヌルだぁ――っ！！！　なんか変な汁が出てきちゃったよぉ〜っ！！！

これは、汗？　体液？　それとも、ガマの油？

いやぁ、恐るべし、スッポン効果！　中村はその夜、ホストクラブ取材だったのだが、仕方ないから太腿をヌルヌルさせたままで出かけましたよ。ヌルヌルした女が、夜中にホストクラブへ……ああ、なんか、ものすごーくイヤ！　マムシドリンク飲んで脂ぎったオヤジが、キャバクラ行くのと一緒じゃんかーっ！

が、べつにその夜、店のホストと何かがあったワケでもなく（あたりまえじゃい！）、中村のヌルヌルは、この世で一番ムダなヌルヌルなのであった。虚しいのぉ〜。

ちゃんこなべで縁起かつぎ

石井好子

ことしに入ってから、ある雑誌に食べある記を始めたが、寒いうちに『ちゃんこなべ』をとりあげようということになり、ゲストに東富士さんをお招きして、ちゃんこ料理店に行った。

お相撲さんとちゃんこなべはつきもののようにいわれるが、さて、ちゃんこなべとはなにか、といわれると、あんがい知っている人は少ないと思う。ちゃんこなべとは、お相撲さんがおなべをかけるという意味だそうだが、どんなに暑い夏でも、そのおなべは四季を通じて毎日、相撲べやの食事を飾る。

本式のちゃんこは鳥を使い、博多の水たきふうに煮たったダシに骨つきの鳥のぶつ切りを入れ、これに季節のやさいを加えてポン酢か三杯酢をつけて食べ、残りのしるには、うどん、おモチ、ごはんなどを入れる。

もうひとつ違った食べ方は、ソップだきといって、鳥のガラでとったスープにうすいしょうゆ味をつけ、その中に鳥ややさいを入れる作り方で、両方とも口あたりがさっぱりしておいしく、いくらでも食べられる。だからお相撲さんはふとるのだろう。

『相撲取りはみんなおカユを食べる、と聞いて、わたしはそれがいやで逃げ回ったのですが、さてへやに入ったらおカユなどだれも食べていないんで安心しました』と東富士さんはいっていたが、残りのしるでおジヤを作るのを『おカユを食べる』というふうにいい伝えられたのだろう。

わたしたちは、おジヤよりむしろごはんにスープをかけて食べる場合が多かった、と東富士さんはいっていたが『おカユを食べたらお相撲さんのようにふとるかもしれない』と心配していた私は、これを聞いておかしかった。

ちゃんこは鳥にかぎらず、さかなや貝肉類でも作り、毎日中身を変えて食べるらしいが、場所中は、牛、豚のちゃんこをすると、親方がいやがったという。

『四つ足というのは手をついて負ける形ですからね』といわれたが、勝負に生きる人が縁起をかつぐ気持ちはよくわかる。

私たち芸能人も舞台に立つ前は縁起をかつぐ。このドレスを着たときはよく歌えなかったな、と思うと、せっかく作ったドレスもふたたび着たくない。この指輪をはめたときはよく歌えたのでこんども……といったぐあいである。

フランスでも緑色は縁起が悪いといういい伝えがあるので芸能人はめったに緑色のものは身につけない。

お相撲さんも、きのうはあのきものを着て出かけて負けたから、きょうは違うのを着ていこう、などということがあるそうだ。そのうち着替えるきものもなくなってしまい、しかたなくたびを代えたり、羽織りを代えたりしたものです、という話を聞きながら、あの巨体のお相撲さんも、勝負を目の前にひかえると、ささいな、つまらない縁起でもかつぐのかと思って、身につまされた。

なべもののおいしいこのごろ、家庭でもちゃんこなべはいかが。『お相撲さんみたいに大きくなるよ』と縁起をかついで、子供たちは喜んで食べるのではないかしら。

「どぜう」文化

荻昌弘

現在、東京には「どぜう」料理の専門店が少なくとも五軒はある。ほとんど徹底的に下町に集中しており、なかで著名なのが、浅草の「駒形どぜう」と「飯田屋」（合羽橋）そして深川は高橋の「伊せ喜」である。おもしろいことにこれらの店は、のれんやお品書きに、頑として、うじゃじゃけた「どじょう」という表記を用いたがらない。客の私でさえ、「どぜう」ならいいが、「どじょう」と書かれると、一瞬にして食欲を失うわけだ。古い店にしてみれば当然の〝温故〟である。

「駒形」と「伊せ喜」は、ともに美味な店で、私は優劣なく好きだが、調理や味には、二店でかなり画然たるちがいがある。「駒形」の名物料理は、丸煮の鍋で、つまり、あらかじめ酒で眠らせ、味噌で下煮をしたまるのままのどぜうを、鉄の平鍋の、濃い割下で、煮直して食べる。太めに輪切りにしたネギを、山のように添えて煮るのが、旨みのこつである。ここが店を開いたのは享和元年（一八〇一）と伝えられ、いまの渡辺繁三さんで五代になる。

一方の「伊せ喜」は明治二十一年の創業で、今の家室茂吉さんは三代目。そして名物料理は、この人が考え出した〝割きどぜうのすきやき風鍋〟である。背開きにし、頭と骨とを取り去ったどぜうを、うすめの割下で、ゴボウとともに煮て、生卵をつけて食べる。つまり、柳川鍋を〝進行形〟で賞味するわけである。

めずらしくもない小さなちがいだろうか？　私は必ずしもそうは考えない。どぜう、という、田んぼなら自然に〝湧いて出る〟ような奇もない川魚が、今や冬場など、ウナギより高い仕入値になり、東京の専門店をわずか数軒に減らし、それでもなお店によって、味には高下が歴然と出てしまう。その理由は、もちろん、素材の選び方（黒どぜうがいい、といわれる）にもよるが、一にかかって、割きや下煮といった〝下ごしらえ〟の機敏さと、割下の工夫や巧拙にある。その点の営々たる追究が、ついに二店に、この異質の調理法を結晶化させたのだ、とすると、このちがいはアダやおろそかには考えられない。

どぜうは、人見必大（ひとみひつだい）の『本朝食鑑』（東洋文庫）によると、武家時代に、初めて食の文献にあらわれた。それらをあたってゆくと、調理の基本は、ほとんど味噌煮であったようにみえる。『食鑑』にはどぜうは「腹中を煖（あたた）め、気を益し、腎を補い、血を調え、専ら陽道の衰廃を興す」とあり、そんな願ってもない、しかも原料タダみたいな素材が、田んぼに湧いていたのなら、古来、日本全国民は華々しい調理でこの小動物を活用して、性文化を謳歌しきってよかった、とも考えられる。が、現実はクッキング様式としてのバラエティもひろがらず、近年のいっときなぞ、農薬の油臭い、という苦情で、どぜう食自体が破滅しかかったことさえあった。（今でも、まれに油臭いのがまじることはあり、これは専門家でも、食べてみないかぎり、外見だけではわからない。いいどぜう屋は、つまり仕入れ先の厳選、も欠かせないわけだ）

そういう中で、ある特定店だけが独自の調理を洗練させ、今日かけがえのない美味を保持している、とは、（まだまだ日本は自然がいいものが食べられるのだ、という証明としても）それ自体が一つの文化ではないか、と私は考える。

「伊せ喜」と「駒形どぜう」、この二主人は、じつは二人とも無類の話好きで、しかも語るところは、文字通りの「生きた東京下町史」である。やはりどぜうを生かせるほどの人は、自らの歴史にもおろそかでない。

鏡花と突ついた鍋

小島政二郎

　パリ土産のフィルトルは、お饅頭ぐらいの大きさの小さなものだった。

　コーヒー茶碗の縁に引ッ掛かるぐらい、底が器よりも五分ほど丸く四方に出ている。蓋を取ると、底にこまかな穴が無数にあいている。日本出来のフィルトルと違うのは、同じくらいの小さな穴のあいた金物の押さえが付いていることだ。コーヒーを好きなだけ入れてから、この押さえで上から押さえるのだ。この押さえにはつまみが付いていて、加減ができるようになっている。この押さえで押さえて置いてから熱湯を注ぐのである。幾度かコーヒーを入れて見て、この押さえがフィルトルの生命であることを私は発見した。日本の模倣品は、この一番大切なものを逸しているのだから、うまいコーヒーがはいる訳がない。

　ごく簡単に製造できそうだし、普通のパーコレーターを作る材料で三つぐらい作れるだろうから、是非イミテーションをこしらえてもらいたいものだ。パーコレーターよりもはるかに造作なくコーヒーがはいるし、できたコーヒーのうまさは比較にならない。

私は、最近アート・コーヒーで売り出したブルー・マウンテンというコーヒーを使って見た。これは渋みがなくて私の好みに合う。フィルトルを使うと、実に簡単に香(か)おり高いコーヒーができる。

この簡単にできるということが、何よりも有難い。ことに、フランス人の発明品だけあって、コーヒーが少なくって済むということ。今まで使っていた三分の二しかコーヒーがいらない。

こんな便利な品を、フランスへ洋行した人しか使えないというのは不都合だと思う。アメリカの模倣品ばかり作らずに、明治時代の日本人のように、世界中で一番いいものを模倣するようにしてもらいたい。その意味で、コーヒー入れは、このフィルトルを模造して、フィルトル使用の喜びをみんなに分ち与えてくれないものだろうか。

これで私は今あるコーヒー入れは全部使って見たことになる。そこで顧みて見るのに、イギリスのキンヒーと、フランスのフィルトルとが一番うまいコーヒーを作ることができるという結論を得た。最近イタリアのエスプレッソを使ってうまいコーヒーを飲ませるという広告を見て行って見たが、無神経な使用人に任せッぱなしにしてあるので、コーヒーの成分を残らず絞り出したといった味で、お話にもなにもならなかった。器を見せてもらったが、錫でできたキンヒー式であった。これなどは、宝の持ち腐れだと思う。最近、坂崎坦さんから、銀座西七丁目にランブルといううまいコーヒーを飲ます店のあることを教わったが、まだ行って見る暇がない。

佐佐木茂索にせびって、いいものを買ってきてもらったと喜んでいる。

「こんな小さなものだけれど、カバンをあけるたびにゴロゴロして、世界中邪魔だった」

佐佐木はそう言って恩に着せて渡してくれたが、私がうまくはいるぞと報告に及ぶと、

「そうか。僕だって毎日一度はコーヒーを飲むのだから、こんな小さなものだし、もう一つ買って来ればよかった」

そう言って後悔していた。私としてはますますいいことをしたと思っている。

フィルトルの話はこれくらいにして、泉鏡花の話に戻ろう。鏡花が黴菌恐怖症で、よく火の通ったものでなければ口にしなかった話は、今日ではもう知らない者もないくらい有名な話になっているが、ある時、水上瀧太郎、里見弴、久保田万太郎などという先輩と一緒に、大根河岸の「はつね」というシャモ屋へ行ったことがあった。その時、偶然鏡花と私とが差向かいに一つ鍋を突ッつくことになった。

御承知の通り、牛でも鳥でも葱でも豆腐でも、煮えたか煮えないかの瞬間が一番うまい。いつものデンで、私は煮えるそばから鳥、豆腐をサッサと口へ運んでいた。見ると、鏡花が鍋の真中に、五分に切ったネギを並べている。何をしているのかと思って見ていると、並べ終った鏡花が、

「小島君、これからこっちへは箸は出さないようにして頂きたいですな。そっちはあなたの領分、こっちは私の領分。相犯さないことにしましょう」

いつもの愛嬌のある笑顔を見せて軽い調子でそう言われた。眼鏡の向こうの目が、小皺を刻んでやさしく笑っていた。私はそう言われるまで気が付かなかった自分の鈍感さにハッとした。なんでもクタクタに煮てからでなければ口にしない鏡花にすれば、私のような相手と一つ鍋に向かい合ったとなると、いつまで立っても自分が食べる機会がない訳だった。クタクタに煮える前に、片端からみんな私に食べられてしまうからである。

なんでも一番の好物はお豆腐だという話だ。コレラがはやれば、もうその日から魚類は口にしなくなる。外出先で食べるものは鳥に限っている。一度大煩いをされた時、三角博士に診察してもらったら、博士は水上瀧太郎に声を低くして、

「栄養失調になっていらっしゃいます」

そう言われたそうだ。牛肉を食べ、牛乳を飲むようにして頂きたい。そういう注意

を受けた水上さんは、相手が生臭ぎらいな鏡花先生だけに困った。好ききらいは生来のものだから、言っても言うことを聞いてくれるかどうか分らないし、言うことを聞かなければ、生命に関することだし、水上さんもいろいろ迷った。

でも、水上さんを絶対信用していたせいだろう、話したら、存外素直に、食べられるかどうか自分でも分らないけれど、君がそう言うなら努めて食べて見よう、そういう返事を聞いた時の喜びを、後に水上さんの口からじかに私は聞いた。

その代り、水上さんの買って来る牛肉でなければ食べないので、毎日会社の帰りに、牛肉を買って帰らなければならなかった。そのころはまだ花月が金春通りにあって、日本料理の外に牛肉のスキ焼を自慢にしていた。文士や画家が集まって、毎月二十八日にスキ焼の会食をしていたのもそのころだ。平岡権八郎という西洋画家がここの若旦那だった。上野の「揚出し」の若旦那が小絲源太郎、料理屋のムスコが、二人とも西洋画家になったので当時評判だった。水上さんは、平岡権八郎に頼んで毎日いいところを百匁ずつ買って帰り帰りした。それほど泉さんは粗食だった。

自然主義の文学が勃興してから、鏡花の小説が時代に取り残されたことは想像するに難くあるまい。そうした鏡花の小説が、大正になってからまた世に迎えられるようになったのは、谷崎潤一郎、里見弴、芥川龍之介、久保田万太郎などが鏡花熱を再燃させたのが与かって力があった。その原動力となったのは水上瀧太郎の、不遇時代から変らざる鏡花崇拝の熱情だった。だから、泉さんが水上さんを信頼されたのも当然だったろう。

鏡花熱再燃の絶頂が、春陽堂から「鏡花全集」が出版された時だろう。この時有名な芥川龍之介の鏡花礼讃(らいさん)の名文が内容見本の巻頭を飾った。

この「全集」の印税が莫大(ばくだい)に泉さんの手にはいった。泉さんの栄養失調の話はこの前後のことだったかと思う。水上さんは泉さんの死後のことを心配したらしい。と言うのは、泉さん夫婦はまだ正式に籍がはいっていなかったのだ。奥さんのすゞさんが一人娘であったために、籍を入れることができないままになっていたのである。

法律のことはよく知らないが、妻の籍がはいっていないで夫が死ぬと、財産は妻の手にはいらずに、夫に弟があった場合、弟の物になってしまう。泉さんには斜汀(しゃてい)という舎弟(しゃてい)があった。泉さんの財産は、つまり斜汀の物になってしまうのだ。

それを心配して、水上さんが遅蒔(おそま)きながら奥さんの籍を入れることを勧(すす)めた。このままだと、財産が奥さんの手にはいらないと聞いて、泉さんも驚いた。一も二もなく水上瀧太郎の勧めに応じる気になった。

そこで、然るべき弁護士に頼んで、長女で戸主であるすゞの籍を抜いて、泉家の籍に入れる手続きを取ってもらった。ところが、裁判所の承認を得るためには、一度どうしても裁判所へ出頭しなければならない。

そういう目的で裁判所へ出頭することは、我々の常識からすれば、正当なことで、やましくも恥辱でもなんでもなかった。ところが、泉さんには、これが正当なことと は考えられなかった。水上さんが、その話をした時、泉さんは顔の色を変えて出頭することを肯んじなかった。

「その言い分が振るっているんだ」

水上さんはあきれた顔をして私に言われた。

「罪人のくぐる門をくぐるのはね」

そういうのが泉さんの答えだったそうだ。いかにも鏡花らしい言い分として面白いには面白いが、実際問題として水上さんは困った。

しかし、結局、大骨折ってやっと納得させて事は無事に落着した。

おでん恋しや

池内紀

おでんはたいてい居酒屋のメニューに入っている。湯豆腐や豚の生姜焼と同類の一つであって、この場合は一皿五品入り、タネはおまかせといったケースが多い。豚の生姜焼に注文をつけたりしないのと同じである。

これに対してメニューのなかのおでんの比重がグンと高いか、かぎりなくおでんに特化した店がある。俗に「おでん屋」とよばれる居酒屋であって、おでん鍋をまん中にして、二方あるいは三方にカウンターが控えている。タネはどっさり、おのずとあなたまかせでなく、「豆腐とツミレとはんぺん」などとア・ラ・カルト式に注文する。

関西の生まれ育ちの人ならごぞんじだろうが、西ではおでんというと「みそ田楽」のことであって、しょうゆで煮たものは「関東煮」といった。声に出すとカントウの「ウ」が落ちて、カントダキ。これが煮込みおでんのこと。

関東のおでんは、もともとは串刺しにしたコンニャクをしょうゆだけで煮た辛口のものだったらしい。それがしだいにタネがふえて、味のほうも砂糖を加えたり、塩味であっさり系にしたり、ダシをきかせたりして多様化した。だからおでんに特化した店では、キャッチフレーズ風に味づけの方向と考えが明示されているものである。

「関東風おでんの本流」

「洗練されたうす味おでん」

「歴史と伝統のおでん」

湯気の立つのをフーフーいいながら食べるのがふつうであって、もっぱら寒い季節の食べ物だったが、当節は冷房がいきわたっているので、年中おいしくいただける。特に夏用に「冷やしおでん」という革命的なものもあらわれた。単にさめたのを出すのではなく、いちど味づけしたのを冷やしておく。おでんは通常なら品うすになると鍋に継ぎ足していくが、冷やしおでんの場合はそれができないので、売り切れるとおしまい。

大根、コンニャク、玉子、ツミレ、はんぺん、焼ちくわ、さつまあげ（ゴボー巻、イカ巻）、厚あげ、がんもどき、焼豆腐、じゃがいも、タコ足……。

おもえば世にも奇妙な光景である。平べったい大きな金属鍋の中に、おでんダネが並んでいる。大根なら大根、コンニャクならコンニャク、がんもはがんも同士、おおざっぱに鍋を区分けして、同一品目が集めてある。さながらおでん軍団が小隊に分かれて整列しているぐあいである。

家庭料理にも、おりおりおでんが登場するように、いたって経済的な食べ物なのだ。一品ずつのタネの値段はほぼ知れている。家庭のおでんと区別するため、店では豆腐が特製で、ツミレにゆずの風味が加えてあって、関東風出汁にしても、コンブやカツオ、鶏ガラで味づけがしてあったり、いろいろプロとしての工夫がほどこされているが、それにしても値の張るものではない。おでんはいたって民衆的な食べ物なのだ。

カウンターで鍋を囲む構造からして中身が客の目にさらされている。メニューが壁に下がっていても、大半の客は目の前の実物を見ながら注文する。この点ではすし屋と似ているが、すしの場合は値段を勘案しながら、おっかなびっくりに注文したりするのに対して、おでんではその恐れがない。三つばかりあげたあと、さらに「ゴボー巻も入れといて」とか、わりと気軽に追加する。商品を全面的に公開している点でも、おでんはすこぶる民衆的といえるだろう。

いろんなタネを、いっしょくたに煮るだけだから、たいして手がかからない印象を受ける。たしかに家庭料理ではそうかもしれないが、レッキとしたおでん屋ともなると、けっこう厄介な料理なのだ。というのは、おでんダネそれぞれの食べごろが煮え方、味の浸み方と密接にむすびついており、さらにこまかくいうと大鍋の火力のあたる位置によっても煮え方、味の浸み方が微妙にちがってくる。同じタネが小隊形式で区分されているのは、注文に応じて取り出しやすいこと以上に、それぞれの味の浸みぐあいと関係しているせいである。それはタネの特徴によって、ほぼつぎの三種に分かれるのではあるまいか。

A　煮るほどに味が出るもの
B　煮すぎると味が死ぬもの
C　煮てはいけないもの

煮ものであるおでんに「煮てはいけないもの」があるのはへんかもしれないが、たとえばタコ足などは煮える手前にとどめるのがいいようだ。へたに煮るとタコ足がゴム足になって、舌ざわりが悪いし、いつまでも嚙みきれない。じゃがいもはAに入るだろうが、うっかり煮すぎると、取り出すときにこわれてしまう。もし鍋の中でこわすと出汁がにごって、ほかのタネを台なしにする。

だから主人は客の相手をしながらも、たえず目を光らして煮えぐあいを見はからっているものだ。おでん軍団を見張っている司令官である。ときおり注文にかかわりなく、長い箸(はし)ではんぺんをつまみ出して、べつのところに移したりしているのは、鍋の中の位置と火力、それに煮えぐあいを見定めての配置換えであって、経験をつまなくては正確な判断が生まれない。

そのせいか、おでん屋の主人は、いかにも年季をつんだ年輩が多い。女性の場合はエプロンがよく似合う中年おかみである。白髪のじいさんとなると、おでんの味が一段と深まる気がする。おでん屋に若主人は合わないだろう。ここでは人間の煮え方、味の浸み方がモノをいう。

あつあつがおいしい食べ物であれば、一皿三品程度にかぎり、食べ終えると、あらためてまた一皿と注文する。タネの選択にも、ほぼ三通りがありそうだ。

a　平等型
b　偏愛型
c　まぜこぜ型

注文のつど、まんべんなくちがった品種にするタイプがaであって、bは大好きなタネをくり返すケースである。cは平等を装いながら、三品のうちにきっと一つの偏愛ものをしのびこませる。

ちなみに私はおでんの中では、とくにちくわぶが好きであって、おおむねcのスタイルをとり、つねにちくわぶは欠かさない。わがいとしの食べ物の一つである。それにしても、どうしてちくわぶがいとしいのか?

まず正体のさだかでないのがいい。名前からわかるように、ちくわと「ふ（麩）」の合体モノである。誰が考案したのか知らないが、大胆なことをしたものだ。形はちくわにして、正体は麩のごとし。しかもおなじみの麩ではなくて実体はメリケン粉である。昔の代用食に「すいとん」というのがあったが、汁に浮かんでいたあのメリケン粉のかたまりとそっくりなのだ。

つぎに合体モノのせいか形がたのしい。ちくわを模したからには、ちくわの形をしていて、まん中にちくわと同じく穴のあいたのと、穴がなく渦巻きの色模様をあしらったのと二種類ある。よけいなことかもしれないが、「ちくわ」を名前に含むからには、穴のあるほうが望ましい気がする。ちくわは穴がおいしいのだ。

形はちくわでも、太くてヴォリュームがあるので、一本を三つか四つに切って鍋に入れる。正確に等分するというより、切る人の気分に左右されるらしく、日によって多少の大小があるようだ。切り方は垂直ではなく、はすに切ってあって、そのため胴はギザギザ、切り口は楕円、穴あきだと、まん中にまん丸い穴が見える。複雑な形がきちんと統一感を保っている点でも、きわめて独創的な食べ物である。

さらにちくわぶの最大の特色であるが、それは何よりも色にある。モチのように白いが、むろんおモチではなく、不透明なあたたかみをおびた白さであって、それがお汁に染まりエナメル色をおびてくる。エナメル一色というのではなく、お汁の浸みかげんによって最初はクリーミーな色、つぎにエニシダ色。さらに売れ残って、いつまでも鍋にいると、洋ガラシのような灼けた茶色になる。ウブな娘が浮世の波にもまれ、いつしかアバズレになるのと同じであって、ちくわぶは実のところ、人生そのものの比喩ともなるような意味深い食べ物なのだ。

しかも全部が一色に色づくとはかぎらない。鍋の中の定められた位置によって、下半身はエニシダだが、上半身は白いままといったこともある。厳密にいうと白いままではなく、湯気をあびて淡いピンク色に染まっている。フランス人なら「フラマン・ローズ」というのではなかろうか。「フラミンゴのバラ色」であって、こんな芸当ができるのは、おでんダネ多しといえど、ちくわぶだけのこと。

「ハイ、ちくわぶ、どうぞ」

上気した女性の上半身と対面する。ポッテリとしていて、なんともなまめかしい。喉をこすときの重いような量感は、ちくわぶ独特のものであって、待ち受けた胃袋へ、やや肥満ぎみのわが身を恥じらいながら入っていく。ちくわぶはまったく、リチギで、やさしく、やわらかい女性のようだ。

わが偏愛のちくわぶをはじめとして、おでんは多くがデンプン質の素材であり、着実に胃袋を満たしていく。だからおでんを食べながら人事をいじったり、社長追い落としを画策したりなど、とてもできない。芥子（からし）をつけ熱いのをフーフーしたり、モグモグと咀嚼（そしゃく）してゴクリと呑みこむときの顔つきにしても、これはいたって平和な、幸福な食べ物である。おでんに特化した店は「お多幸」「かめ幸」「やす幸」といったように「幸」の字のつく店が多いが、はからずもおでんの特質をよくあらわしている。

春のおでん

川上弘美

「おでんを食べに行こうよ」と、若いともだちに誘われた。「春のおでんも、いいもんだと思うよ」彼女は言った。

若いともだちは絵描きである。若い絵描きの大部分がそうであるように、貧乏である。そしてまた、若い絵描きの大部分がそうであるように、人生を愉(たの)しく過ごすべを生まれつき知っているようにみえる。

駅で待ち合わせ、オレンジ色の電車に乗った。がたん、という音をたてて電車は発車した。しばらく走ると、線路際(きわ)の土手に菜の花が咲いているのが見えた。まだ日は暮れ残っている。

この前彼女と一緒に食べたのは、あした葉のてんぷらだった。滋養強壮にいいんですよ。一緒に食べましょ。そう誘われて、八丈島料理の店というところに行った。彼女が千八百三十八円払い、私が二千円払った。「私がおごるよ」と言っても、彼女は絶対にそうさせてくれない。「おごるのは男の子にしてもらうから」と言う。いつも支払いのときに同じ会話が交わされるので、あるとき「どんな男の子におごってもらうの」と聞いたら、彼女はへへへと笑い、「みんな貧乏だからねえ、なかなかねえ」と頭をかいた。

「菜の花って、固いよね」窓の外を見ながら、彼女がつぶやいた。「そうかな」と聞き返すと、「固い固い。筋っぽくて、困っちゃった」と言う。よく聞けば、アパートの裏手に生えている菜の花をむしってきて、鍋で茹でたのだという。筋だらけで往生したが、おかかとゴマを山ほどふりかけて、マヨネーズ醤油で食べたら、まあなんとかかんとか始末できた。彼女は、真面目くさって説明した。それはたいへん。私も真面目くさって答える。

いくつかの駅を過ぎ、電車はふしゅうう、という音をたてて目的の駅に停車した。駅を出て、たくさん歩いた。住宅街の駅なのに、いやに長い商店街をかかえている。どこまでも商店街は途切れない。その商店街がようやく終わるあたりにあるおでん屋だった。

ビール小瓶一本。燗酒を二本。ぬた。ほたるいかの沖漬。ちびちび飲み、ちびちびと食べる。二人の飲食の合計が五千円を超えないように注意しながら食べる習慣が、すっかり身についている。飲み食いの前半戦（合計約二千五百円までを前半とする）が終わり、いよいよ後半戦にかかる。二人して、じっくりおでんの品書きを眺める。おでんの一種類が平均百円。一人五種類のタネを頼み、もう二本燗酒を頼んで、後半戦がちょうど終了となる計算だ。ここの五種類は重要である。

彼女は黙る。私も黙る。二人して考えをめぐらす。春の夜の温気が、店の中にも、入ってくる客たちの肩のあたりにも、柔らかくまとわりついている。

思い思いのタネを注文し、最後は二人とも汁のしみた大根でしめくくった。合計は五千四十円。店のがらり戸を開け、のれんをかきわけて外へ出た。月がまんまるだ。おぼろ月夜ではなく、くっきりとした春の月である。春のおでんだったね、と言い合いながら、駅までゆっくりと歩いた。何かわからぬ花の匂(にお)いが、夜の中を漂っていた。大根の味が、ほんの少し口の中に残っていた。

すき焼き――父と二人だけの鍋

ねじめ正一

私は確信しているのだが、日本人の八五%ぐらいは「すき焼き」という言葉を聞いたとたんに胸ときめかせ、とどろかせ、張り切り気分がぐんぐん湧いてくるのではないか。少なくとも私はそうである。いや、私の両親、オクサン、息子や娘もそうである。息子も娘も家を出ているのであるが、たまに電話がかかってきたときにオクサンが「すき焼きするからね」と言うと、すっ飛んで帰ってくる(もっとも食べたらさっさと帰るのであるが)。

考えてみると、私の子供時代から「すき焼き」という呪文(じゅもん)の威力は大したものであった。晩ご飯がすき焼きの日は、母親まで朝から張り切っていた。

夜、店仕舞を済ませると、母親は踏み台を使って冷蔵庫の上にあるすき焼き鍋を下ろす。このすき焼き鍋は、父親が東京駅八重洲口の大丸デパートのビルの上階にあった岩手の物産センターで買ってきた、南部鉄のすき焼き鍋である。わが家は私が一九歳のときに乾物屋から民芸品屋に商売替えしたのであるが、父親はその前から民芸品の勉強をはじめていて、そこの物産センターにもよく通っていた。そこで見つけて矢も盾もたまらず欲しくなり、大枚はたいて買ってきたのがこのすき焼き鍋なのであった。

「南部鉄は食べ物の味をよくするんだ。南部の鉄瓶で沸かした湯で入れるとお茶も旨くなるし、すき焼きも肉が柔らかくなって、美味しくなるんだ」

そう言って、父親は母親が下ろしたすき焼き鍋を惚れ惚れと撫でるのだが、私は鍋なんかどうでもいいから、その分肉の量を増やして欲しかった。いくら肉が旨くなるからといって、いくら一生ものだからといって、何万円もする鍋を買う父親はとんでもない変人に思えた。

食卓に卓上ガスコンロが置かれ、南部鉄のすき焼き鍋がその上にうやうやしく置かれる。母親が近所の肉屋で奮発して買ってきた牛肉の包みを開いて、私と弟に見せる。いよいよすき焼きイベントのはじまりである。鍋が温まると、母親はまず牛の脂を入れて菜箸で鍋肌をすべらせる。次にネギを入れて焼き、それから肉を入れ、肉の上から砂糖をたっぷりかけ、その上から醤油をかけて「ジュッ！」と焼き、余ったスペースに白滝、椎茸、焼き豆腐、春菊を入れていく。肉の焼ける「ジュッ！」は、じきに白滝や野菜から出る水分に押され、「じゅくじゅく」「ぶくぶく」という音に変わる。こうなると肉は食べ頃である。

父親は最初に入れたネギに焦げ目がついた頃合いを箸でつまんで食べるのが好きだった。しかし、私と弟は野菜よりも肉である。焼き豆腐なんぞには目もくれない。すき焼き用の生卵は一個であるが、一個ではとても間に合わない。でも、卵は一人一個と決まっているのだった。二個は贅沢だし、卵の食べ過ぎは体に悪いというわけだ。私は一個も二個も変わらないと思うのだが、母親にとっては一個と二個では大違いであった。

それがわかっているから、私は肉にちょっぴり卵をつけて食べる。いつかはこの卵がなくなってしまうと思うと淋しくて、ちょっぴりちょっぴりつけて食べた。父親は子供たちが必死に食べている姿がうれしそうで、最後まで肉には手を出さなかった。

その父親と二人きりで旅をしたことがある。昭和五〇年、私が二七歳のときである。「正一、会津本郷の窯出しがあるんで一緒に行かないか」と言われて、付いていくことにしたのである。

父はその頃、糖尿病で体調を崩していた。一人で行っていた民芸品の仕入れの旅もだんだんきつくなっていた。この機を逃したら、二人で旅に行くチャンスはないと思った。私がねじめ民芸店のライトバンを運転して会津に向かった。

長時間の運転であったが、車の中で父と何を話したのかははっきり覚えていない。が、父はずっと機嫌がよかった。途中赤べこをつくっている三春に寄って、午後に会津本郷に着いた。山間の、のんびりした、雰囲気のある窯であった。

会津本郷窯はほかの窯よりも値段は高いが人気のある窯だ。窯出しとあって、地元の土産物屋や民芸品屋が大勢車でやってきていた。東京の民芸品屋は我々だけであった。

窯は山の中腹にある。年配の女性たちが、焼き上がった焼き物を大きな籠に入れ、天秤棒の前と後ろにぶら下げて肩に担いで次から次へ下りてくる。

一人が下りてくると、バーゲンセールの会場のように土産物屋や民芸品屋がわっと群がって、籠の焼き物を取り合う。次の一人が下りてくると、またわっと群がって漁り合い、奪い合う。すさまじい、あさましい光景であった。会津本郷の焼き物の品のいいイメージとはほど遠かった。私はあっけにとられて眺めていたが、父親は負けてはいなかった。前にいる人間を吹っ飛ばすように突進して割り込んで行くのだ。その後ろ姿は、「そんな甘っちょろいことを考えていたら、欲しいものは地元の業者にみんな持って行かれてしまうぞ」と言っていた。だが私は何もできなかった。気後れして、父の後ろ姿を見ているだけであった。

やがて父親は、にしん鉢、片口、小皿、灰皿などをたくさん仕入れて戻ってきた。

夕方になっていた。私と父親はライトバンに乗り込んで旅館に向かった。車の中で父親は、「これだけ人気があったら東京から何度注文してもくるわけがないな」と呟いた。父親の疲れが伝わってきた。

泊る旅館は古めかしかった。というより、おんぼろであった。ところが、夕食はすき焼きだったのだ。糖尿の父の体に砂糖はいけないので、甘みの少ないすき焼きであったが、肉は会津牛の肉で旨かった。二人座って差し向かいで飯を食べるのは久しぶりであった。食べはじめると父も食欲が出てきたようで、箸をのばしてよく食べた。あれだけ動いたのだから、当然といえば当然の食欲であった。

「あのな。ジュースとかコーラとか、甘いものはあんまり飲まないほうがいいぞ」

父が私に言う。自分が糖尿病になったことを反省している。私が生返事をしていると、今度は別のことを言い出した。

「この旅館の器、最低だな。今日仕入れた会津本郷の小皿、あれを出して、あれで食べよう」

いい考えであった。父親は自分が仕入れた品を確かめたいのだ。それにしても旅館の部屋は殺風景だった。ガランとして何も置かれていない。絵のひとつもない。食器も大量生産の安物であった。

窯元で仕入れた品は、旅館の駐車場に置いてあるねじめ民芸店のライトバンの中である。

「俺が取ってくる」

父が立ち上がった。立ち上がったものの、その場に立ち竦(すく)んで手を額に当てた。

「体が傾いている感じがする。部屋が歪(ゆが)んでる感じがする。糖尿のせいで、体のバランス感覚がおかしくなっちまったのかな」

暗い声で言った。私は驚いて父の体を支えようと立ち上がった。すると、私も左に体が傾いている感じがするではないか。何のことはない、部屋の床が全体に左に傾いているのであった。

「おやじ、これって部屋が傾いているんだよ」

私が言うと、父親は一瞬びっくりした顔になり、それからげらげら笑い出した。

「そうだよな。俺もおかしいと思ったんだ」

ひとしきり笑ったあと、私が父の代わりに会津本郷の焼き物をライトバンに取りに行った。持ってきた片口と小皿を洗面所で洗って父親の前に差し出すと、「いいなあ」と父はにっこり笑った。会津本郷の青みがかった肌がすき焼きにぴったりであった。さっきよりもすき焼きが百倍豪華に見えてきた。砂糖が少ないので物足りないと思った味も、肉の旨味がよくわかっていいと思えた。

「正一、帳場へ行って肉の追加を頼んでこいよ」

父親はそう言うと、残りの肉をぱくぱく食べはじめた。二人前追加を頼んだ肉も、二人できれいに平らげた。一日動いたのと腹がくちくなったのとで、布団に入ると父も私もすぐに寝入った。夢も見ない深い眠りであった。

翌年、父は脳溢血（のういっけつ）で倒れて商売から退いた。次の朝には東京に戻るという父との短い一泊旅行であったが、会津の旅が親子の最後の旅になった。旅館の傾いた部屋で、仕入れたばかりの会津本郷の焼き物で食べたすき焼きの味も、一生忘れられない味になった。

ジンギス汗鍋　秋を感じると起きる激しい食欲の胸騒ぎ。

池部良

僕は秋の食べもののレパートリーにジンギス汗鍋を入れている。

日本の秋に、蒙古のジンギス汗鍋が、どう繋るのかと聞かれても満足な返事は出来ないのが辛い。

秋と言う季節を肌に感じる頃になると矢も盾も堪らなくジンギス汗鍋の焼ける羊の肉や野菜の臭い、味の幻が鼻を衝き、食欲の神経が引っぱられたりして激しい胸騒ぎが始る。

四十年も前のこと、テレビ朝日で笹沢左保さんの小説をドラマ化したのに出演している。「母と息子」の話でサスペンスがかっているドラマだった。秋も深くなった十月の終り頃、撮影の初日が今はテレビ朝日の敷地に隣り合っている「ニッカ池」の淵。「母」が池に入水して自殺を図る場面の撮影。夜七時、母の役を演る女優さんが何方かも知らされておらず、撮影の仕度をしてニッカ池に行ったら、既に撮影のライトが煌々と灯けられていた。小さな橋の上にカメラは据えられスタッフが集っていた。「到着した」旨の挨拶をしようと近づいたら暗闇の中から「良ちゃん」と甲高い女性の声。振り返ったら木暮実千代先輩だった。

「良ちゃん、あなた、確かあたしより一つか二つ年上じゃないの？　年下のあたしがお母さんってどう言うこと？」と言って僕を睨んだ。

　睨まれたって、僕がキャスティングしたわけじゃないから返事に詰ったら、脇にいたプロデューサーが「吹き替え用意してありますよ。冷い水ですから、自分で入水することはないですよ」と言ったら「いいえ、あたし自分で演るわよ。あたし女優なの。あたしね、ジンギス汗鍋食べてるから、凄く丈夫なのよ」と言う。

「ジンギスかんなべ」と僕。

「あのね、お母さんの言うこと、一つ聞いてくれない？」と木暮さんが脈絡なしに切り出す。

「え？　お母さんの言うことを？」

「そうよ、あたし我慢して、良ちゃんのお母さんになってるんだから。

　あたしの伯母が荻窪でジンギス汗鍋のお店を始めたのよ。このカット終ったら電話と地図を教えるから、是非行ってみてよ、お願いね」

「ジンギス汗鍋って何ですか？」と聞いたら、

「美味しいわよ」と声を残して、カメラの方へ走って行った。

二週間ほどして、母より年上の息子になったと言う申し訳なさの罪滅ぼしに背中を押されて、どんなものを食わされるのか見当もつかない荻窪の「伯母さん」の店を捜して訪ねた。

犠牲の分散を計って家内、友人の俳優二人に同行してもらった。

店は青梅街道沿いにあって、門を入るとすぐにズックの布とフェルトで覆われたドーム型の大きなパオ（包）とか言う蒙古の天幕が三棟建っていた。

案内された「包」の真ん中には真っ赤に熾された炭が入った炉があって、その上に直径三十センチはある兜の「鉢」に似た鉄製の鍋と思しきものが置いてある。

兜には頂点から下に向って、何十本もの溝が切ってある。僕の頭にある常識的鍋とは、まるでかけ離れている鍋だ。

兜を囲んで席に着いた四人は鍋の詮議に行き詰り炉を取り巻くテーブルに肘を突いた。

「失礼します」と花柄の一重に赤い帯を締めた女の子が三人、何かを山のように盛った大きな皿を捧げ持って入って来た。

三人の女の子は野菜と肉がそれぞれに盛られてある皿をテーブルに置き、何も言わずに戻って行った。彼女達と入れ替りに中年の和服姿の女性がお辞儀をしながら進んで来る。

大柄な体格、色の白い立派な顔だ。

「あたくし、オーナーでございます。

姪の木暮実千代から電話がありまして、池部さんがお出になったら、一生懸命サービスをしなさいと言うことでございました。

お出戴き、身に余る光栄でございます」と挨拶された。光栄は社交辞令として聞き流すにしても「身に余る」はちと言い過ぎじゃないかと思ったから「いや、いや」と無様に呟いたら、

「ジンギス汗鍋なんてお耳に馴れない鍋でしょうけれど、実はあたくし満州育ちでございますが、女学校のとき父に連れられて蒙古に参りましたの。池部さんは軍隊に行かれて北中国に居られたと何かで読みましたので大陸の地理がお分りでしょうけれど、蒙古と言えば中国大陸の西の果てのようなところで、丁度、あたくしが参りましたときは夏が終り冬に入る頃だったのですね。

何か、向うは秋と言う季節が無いも同然、夏から直ぐに冬になるんだそうですけど、あたくしが行った時は、日本の遅い秋を思わせるような気候でした。

青空が高く、浮いている雲の塊りが悠々と流れているんですね。

あたくし達が、小さな蒙古馬に乗せられて行ったところが、一望千里、見渡す限りの草原でございました。訪ねた遊牧の人達に、十日も居た間、羊の肉を御馳走になりました。

あちらの人は牛も馬も放牧して飼っていますが、何と言っても羊が大変な財産なんだそうで、羊を大事に飼っておりますの。

何かお祝いごとでもない限り食べないと言う大切な羊の肉を三食、三食頂戴しました。

その辺に転がっている石で炉を作って、確か炭だったと思うのですが、かんかんに燃える炭火を熾して、炉に鉄の棒を何本も渡しまして、それに厚目に切った羊の肉を置いて焼くんですの。脂がじゅうじゅうと滴って煙がぼうぼうと立ちまして、戴いた羊の肉と来たら、お世辞も媚もない素朴な味なんですね。ちょっと、食べている草の臭いで青臭さはございますけれど太古の人達の生活を思わせると申しましょうか、羊のお肉が美味しゅうございました。太古の時代と言えば、その頃の偽りのない、おおらかな暮しや心が偲ばれる思いがしまして、あたくし感激して何度も何度も涙を流したのを覚えておりますの」

何度も涙を流すのは伯母さんの自由だが、そんなに美味しいと言う目の前の羊の肉は、いつ食べさせてもらえるのかと焦って、

「肉は兜に乗せて、自分勝手に焼いてもいいんですか」と小声で聞いたら、

「池部さん、いいことおっしゃいますね。

ジンギス汗鍋と言っても、煮ものをするお鍋を使っておりません。蒙古では鉄串を使っておりますが、このお店を始めるとき焼き易いように、滴る脂を無駄なく使えるように私共で、おっしゃるように兜の鉢のようなお道具を発明致しましたの。切れている溝の脇に刻(ほ)ってある溝に焼けたお肉の脂が流れ落ちまして兜の周りにある溝に溜って、そこに置いた野菜を炒めます。

ジンギス汗鍋は、お客さま銘々で肉や野菜をお焼きになると、焼き頃、炒め頃が御自分の御自由ですから楽しゅうございます。

では、ごゆっくり」と言った伯母さんは「包」を出て行った。

ジンギス汗鍋を日本の秋の食べものの仲間に入れては些(いささ)か無理と言うものだが、僕なんか東京に生れて育った人間は、人付き合いにしても考え方にしてもせこいところがあって、みみっちいやる瀬ない暮しに追われ勝ちだ。木暮さんの伯母さんが店の宣伝のためとは言いながら蒙古の蒼い高い空、草原、媚のない羊の肉の味には太古の悠久とおおらかさが偲ばれますと説明して下さったのが脳裏に焼きつけられた。

秋も深くなると、ふとしたときに伯母さんの店で食べたジンギス汗鍋のお世辞のない素朴な羊の肉が浮かんで来て、おおらかな純な気持になってみたいと夢想する。

夢想だから、なかなか現実の形にならないけれど、ジンギス汗鍋を秋には欲しい食べもののレパートリーに組み込んで、夢想がいい形になって現れてくれるよう虎視眈々と狙っている。この狙いは、この稿を読んで下さった方々にお裾分けしたい気分だ。

よせなべ

久保田万太郎

わたくしの、冬から春へかけてのよろこびの一つは、鍋をつかってのいろ〳〵の料理にしたしみうることである。……とりわけ、よせなべの、しらたき、慈姑、ぎんなん、貝ばしら、ちくわ、あい鴨。……そうしたものゝ一つ〳〵に感じられる箸のさきの愛着。……しかも、わたくしは、あかるい燈火の下よりも、風の落ちた、しづかな、曇った午後のうすあかりのなかにその火加減をみることに於て、一層のよろこびを感ずるのである。

よせなべの火の強すぎる二月かな

……昼であればこそ、鍋下の、強すぎるその火のいろも感じられるのである。……

もとよりわが家のうちにあってのけしきではない。

鍋料理の話

北大路魯山人

冬、家庭で最も歓迎される料理は、鍋料理であろう。煮たて、焼きたてが食べられるからである。

鍋料理では決して煮ざましを食べるということはない。クックッと出来たての料理を食べることが、なによりの楽しみである。だから、鍋料理ほど新鮮さの感じられる料理はない。最初から最後まで、献立から煮て食べるところまで、ことごとく自分で工夫し、加減をしてやるのであるから、なにもかもが生きているというわけである。材料は生きている。料理する者は緊張している。そして、出来たてのものを食べるというのだから、そこにはすきがないのである。それだけになんということなく嬉しい。そして親しみのもてる料理と言えよう。

しかし、材料が鮮魚鮮菜という活物（いきもの）がはいった上での話である。入れるものがくたびれていたのでは十分のものはできない。これは、鍋料理に限らぬ話であるが、念のため申し添えておく。

家庭でやる鍋料理は、原料はこれとこれだけと、きまっているわけではない。前の晩にもらった折詰ものだとか、買い置きの湯葉だとか、麩だとか、こんにゃくだとか、あるいは豆腐を使おうと、なんでも独創的に考案して、勝手にどんなふうにでもやれるのである。

「鍋料理」のことを東京では「寄せ鍋」というが、上方では「楽しみ鍋」とも言っている。なぜ「楽しみ鍋」というかと言えば、鯛の頭があったり、蒲鉾（かまぼこ）があったり、鴨（かも）があったり、いろいろな材料がちらちら目について、大皿に盛られた有様が花やかで、あれを食べよう、これを食べようと思いめぐらして楽しみだからである。「楽しみ鍋」という名称は実によくあてはまっている。しかし、「寄せ鍋」というのはなんだか簡単すぎて感じのよい名前ではないと思う。「鍋料理」は先にも言った通り、材料がいろいろあるし、それを盛る盛り方にもなかなか工夫がいるのである。この点を注意しないでぞんざいに扱うと、いかにも屑物の寄せ集めみたいになってしまう。

関東の風習は薄く平らに並べるようであるが、あまり感心しない。河豚（ふぐ）みたいなものは大皿に並べざるを得ないが、それは特殊なことであって「鍋料理」の材料を盛るのは、深鉢にこんもりと盛るのがよろしい。材料はさっき述べた通り、なんでもよい。ただ感心しないのは貝類である。貝類は、ほんの僅かならかまわないが、多く使うと、どうも味を悪くするキライがある。貝類は結局だしをわるくして、他のものの味まで害するからいけない。また貝類は魚や肉にも調和しない。外国料理はシチュー、カレー、スープの中によく貝を使っているが、マッチしていないのが多い。これは、外国には貝類も魚類も少ないので重宝がっているせいだろうが、料理の味をこわしているのが大方だ。

それとは逆に、日本では貝類がいくらでも取れるので、ぞんざいに使用しているようだ。貝類を多量に使用すると、あくどい料理になってしまうので、よい料理とは言えない。貝類はなるべく混合させぬ方がよいだろう。

さてだしのことだが、人によって好みはさまざまである。あっさりしたのが好きだという人もある。あっさりしたのは大概酒を飲む人に向く。飯を食うのには、いくらか味の強いのがよいかも知れない。この辺も「寄せ鍋」は自分の好み通りにゆくから、まことにもってこいの料理である。

たれはあらかじめちゃんと調合して作っておくことが大切である。初めから終りまで一定の味のたれでやるのでないと、材料がかわるたびに、砂糖を入れる、醤油（しょうゆ）を入れる、水を入れるという工合で、甘かったり、辛かったり、水っぽかったり、味がまちまちになってしまう。それでは面白くない。また、幾人もが代るがわる世話をすると必ずこういうことになる。また一人きりで世話をするにしても、味加減というものは、厳密に一致するとは言えないから、どうしても前もって料理に必要な分量だけ作っておくのがよい。

味はあまり強めでないのがよいが、これはその家の風でこしらえるのがよいと思う。たれを作るには、すでに御承知であろうが、砂糖と醤油と酒とを適当に混和する。酒はふんだんに使うのがよろしい。かんざましでよい。アルコール分は含まれていなくていいのだし、飲んで酔おうというのとは異なるから、かんざましでよいわけである。ごく上等の酒を、思い切って多く用いるのがよい。

鍋料理は材料が主として魚なので、だしには鰹より昆布の方がよい。「鍋料理」は出来たて、煮たて、とすべてが新鮮だからいいので、おでん屋というものがはやるのも、ここに一因があるわけだ。あれは決して料理がいいからはやるのではない。あの安料理のおでんがうまいのは、つまり出来たてを待っていて食うというところにあるので、実際はうまいものでもなんでもないのである。舌を焼くような出来たてのものを食べるから、おでんはうまいものと評判になってはいるが、その実、粗末な食物なのだ。

粗末なおでんすら、出来たて故に私たちの味覚をよろこばすのであるから、座敷おでんとも言える「鍋料理」は、数等の満足を与えるに相違ない。私はおでんもてんぷらも立ち食いをした経験をもっているから、その味がおよそどんなものだか分っている。ところが、私の考えている鍋料理となると、それらとは遥かに距離のある高級なものである。その方法は、創作的に、独創的にやられればよい。

鍋料理は、気のおけぬごく懇意な間柄の人を招いて、和気あいあい、家族的に賑々しくつきあうような場合にふさわしい家庭料理と言えよう。

次に作り方食べ方の要領をお話ししよう。鯛を煮ると仮定しよう。三人か五人で食べる鍋だとすれば、その人数が一回食べるだけの分量の鯛を煮る。煮えたらそれをすっかり上げてしまう。次に野菜を入れる。鯛の頭などは、よくスープを出すからだしがふえる。ところが、野菜はだしをよく吸収する。そういう材料の性質をみて、だしの出るもの、だしを吸うものを交互に入れて煮るというふうにする。そうして一回ごとに鍋の中をきれいに片付けて、最後まで新鮮な料理が食べられるようにする。食べ方にもこのような工夫がいる。

私は「鍋料理」の材料の盛り方一つにしても、生け花と寸分ちがわないと思っている。生け花と言うのは、自然の草や木を自然にあるままに活かそうというので、そのためにいろいろ工夫をする。料理も自然、天然の材料を人間の味覚に満足を与えるように活かし、その上、目もよろこばせ、愉しませる美しさを発揮さすべきだと思う。

そのこころの働かせ方は、花を活けることと何らの違いもない。

普通の家庭では、なにかの時だけ、儀式的なことに、無暗と飾りたてたりしながら、平常はぞんざいにものごとを扱っている弊風があるのを、私はどうも面白く思わない。美的生活をなそうとするには、特別な時だけでは駄目である。いつでも、どんなものにも美を生み出す心掛けを忘れてはならない。

私の考えていることは、日常生活の美化である。日々の家庭料理をいかに美しくしてゆくかということである。材料に気を配るとともに、材料を取扱う際の盛り方からまず気をつけていかにすべきかと工夫するのだ。工夫は細工ではない。工夫とは自然に最も接近することだ。鍋料理の材料の盛り方一つでも、心掛け次第で屑物の寄せ集めに見えたり、見る目に快感を与え、美術品に類する美しいものに見えたりする、そういう区別が生ずるのである。

盛り方を工夫し、手際のよいものにしたいと思う時、当然そこに、食器に対しての関心がわいてくる。すなわち、陶器にも漆器にも目が開けてくるという次第になるのである。

鍋物で味わうマイホームの幸せ

檀一雄

そろそろ、チリや、鍋や、ヨセ鍋の好季節になってきた。

中国なら「火鍋子（ホーコーズ）」。朝鮮なら「神仙炉」。フランスなら「ブイヤベース」。日本なら「ヨセ鍋」などなど。

まったく、鍋物ほど、手っ取り早く、おいしく、暖かく、季節をごっそり投入して、千変万化の、その土地土地の、おいしさを満喫できるものはない。

ことさら「キノコ」が出まわる時期の、日本の、さまざまの鍋物にありつくと、またの世も、またまたの世も、人間に生まれ変わって、日本の山々、津々浦々をうろつき歩いてみたいものだと、そんな大それた気持ちにさえなってくるから不思議である。

鍋物はシャレたお店なんかで喰べるもんじゃない。これだけは、いかにモノグサ亭主でも、会社の帰りや、昼休み、ちょっと魚河岸の周辺でもうろついて「マダラ」でも「スケソウダラ」でも、なんでもよろしい、一尾ぶらさげて帰るぐらいの心意気がなかったら、喰うことなどあきらめて、人工栄養食かなにかで命をつなぎとめながら、一生働いてみるよりほかはないだろう。

さて、モノグサ亭主の、その細君も、亭主が「タラ」を買ってくると宣言した日ぐらい、髪をくしけずること入念に、お化粧は早めにすましておいて手を洗い、もしまだ買ってなかったら、少し大きめの土鍋一つぐらい、ヘソクリをはたいて、用意しておきなさい。

そこで八百屋に出かけ、白菜とネギ、大根と蕪。ついでにミツバかセリを一束きばってみるか。赤トンガラシを一本（一本だけは買えないから一束ということになるが）、キノコは松タケの前を行ったり来たり、バカバカしいと思ったら、思いきるのが賢明だ。養殖の千本シメジを一袋六十円かそこいらで売っているし、なに、生シイタケが安いではないか。それとも、ナメコにするか。いやいや、いつか、貰った乾しシイタケでもあれば、上等に過ぎる。

ユズか、スダチか、なかったらレモンを一個。あとは、豆腐屋をまわって、豆腐とシラタキを買い求め、野菜類の下ごしらえを入念に、あとはモノグサ亭主の御帰館を待つ。

ところで、ダシコブはありましたか。なければ急いで、乾物屋に走り、ほどよい大きさに切った昆布を一枚、土鍋の水の底に沈めておこう。

それでもモノグサ亭主がまだ帰らなかったら、腹イセのつもりで、大根をまっ二つに切る。大根の皮をむいて、切口からまっすぐ縦に箸を通し、その穴の中にタネを水洗いして抜きとった赤いトンガラシを、箸を使って、上手にさし込む。そのトンガラシ大根を細かな目のオロシ金にあてながら、心静かにモミジオロシをつくってゆこう。ほかには薬味のサラシネギと、薄くそいだユズの皮だけで充分だ。

デカシタ。モノグサ亭主が、スケソウダラを一本ぶらさげて帰ってきたぞ。そこで、大いに、おだてたり、すかしたり。ついでのことに、タラをブツ切りにしてちょうだいよ、といってみるのである。

「うまく切れねえ」とモノグサ亭主が答えたら、

「男の手切りでなくっちゃ、チリのタラはおいしくないんですって……」

とやるのもいい。なーに、タラのブツ切りならモノグサ亭主の腕前で充分だ。マコやシラコが出てきたら、これは大切に洗って魚といっしょに皿にならべる。

そこで、土鍋のガスに点火する。シラタキを入れる。タラを入れる。煮える順序に野菜を入れ、サラシネギと、モミジオロシを取り皿に入れて、スダチやユズやレモンの酢醤油で、タラチリをタラフク楽しむしだいである。あらかじめ、塩と醤油でチリ鍋に薄味をつけておくのも悪くない。

酒を二本でも、添えたりしたら、亭主はにわかに感奮興起して、毎週でも、タラを買って帰るような変異がおこらないともかぎらない。

もちろんのこと、北陸から、東北、北海道の現地で入手できるタラの類は、その鮮度が桁違いだし、マツタケ、シメジ、キダケ、ミミタケなどなど、さまざまの香り、舌ざわりのキノコの類がチリの伴奏をやってくれるから、そのおいしさが、倍加するのはあたりまえの話である。

鮮度の新しい、シラコやマコは、チリのなかで、生々躍動するような心地さえされる。

フグのチリ、タイのチリ、タラのチリ、アキアジのチリ、ソイのチリ、ハタハタのチリ、などなど。まったくチリ万歳で、そのチリの中に、松タケだの、マイタケだの、シメジだの、入ってくれたら、まったく贅沢を通り越してしまったようなものだ。

これを帆立貝の貝の中で、ショッツルをたらし込んでつっけば、ショッツル鍋であり、シュンギクだの、セリだの、一瞬の匂いで舌を洗うような心地のする野菜の類を、あいだに混じえて喰べていたら、秋夜のたのしみは尽きることがないだろう。

チリや鍋は、まちがっても、高級料亭などで、深沈と、かしこまって、喰べるものではない。

ことごとく現場の混沌をよせ集めたような料理だから、タラをブラ下げてきてくれた漁師があり、キノコを拾いとってきてくれた青年あり、酒を抱えてきてくれた友人があれば、じゃあどこかのオババの炉端でも借りるかと、みんなゾロゾロとオババの家に上がり込む。その炉端につるした鍋の中に、秋のしあわせをみんな放り込むようにして喰べるのが一番愉快でうまいだろう。

　だから、キリタンポなども、秋におごる日本的鍋物のもっとも優秀なものの一つである。

比内鶏（秋田県の比内地方の鶏）が落ち穂を拾った後などと、そんな贅沢をいわなくても、そこに鶏のブツ切りがあり、マイタケがあり、ネギがあり、ゴボウがあり、セリがあり、豆腐とコンニャクでもあったら、もう日本一の果報者になったような気持ちになってよろしい。

　米だけはなんとか新米を誰かにかついできてもらって、ウルチ九なら、モチゴメ一。これをたき上げた瞬間、スリ鉢にでもうつして、スリコギでトントンとねる。

　半分つきあげたような餅を、竹の棒に、竹輪のように巻きつけて、これを炉の火であぶるわけだが、あんまり柔らかくゴハンをたくと、焼く間に、こぼれ落ちる危険がある。さて、こんがり色のついたキリタンポは竹からはずして、切るのもよし、手で折るのもよい。

別に昆布や、酒や、ミリンや、トリガラや、醤油などで、お吸い物よりちょっと濃い目の好みのダシをつくり、このダシの中に、トリ、コンニャク、豆腐、マイタケ、ササガキゴボウ、ネギ、セリ、それから肝腎のキリタンポを放り込んで、炉端でつつき合うのである。

ソダ火はパチパチとはぜるだろう。紅葉は赤く、酒は五体にしみわたり、キリタンポは、崩れるように、口中にとろけるわけである。

寄せ鍋嫌い

筒井ともみ

冬の寒さが厳しくなると、誰も鍋料理が恋しくなるらしい。しかし私には鍋料理についていささかの屈折した思いがある。人気いちばんに違いない寄せ鍋が苦手なのだ。

私が生まれ育った家でも冬になれば寄せ鍋を囲む夕餉(ゆうげ)があった。白身魚に鶏肉、幾種類もの野菜や豆腐。あの時分の日本はまだそれほど豊かではなかったけれど、具沢山の鍋からは一家団欒(だんらん)を象徴するような濃密で幸せな匂(にお)いの湯気がたちのぼっていた。コンロの上でぐつぐつ煮える鍋を囲んでいたのは伯父と伯母、母とまだ幼い私。伯父も伯母も芝居の地方公演や映画の撮影に追われる俳優業をしていたので、四人が食卓を囲むことは滅多になかった。

そしてこの四人は、一家団欒という雰囲気からはおよそ遠かった。もしも「家族」というものが、主である大きな木を中心にして各々(おのおの)がもたれ合ったり寄り添ったりするものだとしたら、私の家の住人は各々が自分の根っこに依って立つしかないきのこの集団だった。私も生まれた時から小さな自分の根を持たされたきのこだったから、家人に甘えたり頼ったりしたという記憶も感触もない。そんな四人が寄せ鍋を囲むのだ。

　私が寄せ鍋に対して苦痛を感じはじめたのは幼稚園児の頃だったと思う。その頃すでに伯母の神経の傷みはずいぶんと深くなっていて、軋轢の絶えない伯父はアルコール漬けのスポンジみたいにお酒を飲み、大人しい母はいっそう無口になっていた。そんな家の中で私は、「子供は私だけなんだから、私が泣いたり暗くなったりしたら、この家はバラバラになってしまう」と、幼い心で震えるようにそう思っていた。お陰で私は家人の前で泣いたことが一度もない。寄せ鍋の夕餉、私は小さな手で菜箸を握り、皆の皿に煮えごろの具を選り分けては盛ってあげたのを覚えている。何かしないではいられなかったのだ。何もせず何の気を遣わなくても「家族」でいられる安心感がなかったから、せっせと皆の皿によそってあげたのだ。だから寄せ鍋の夜は疲れてしまった。

　そんな思いが原因かもしれないが、いろんな材料が渾然と混じり合った味というものがあまり好みではない。洋風寄せ鍋のブイヤベースも好きじゃない。もっとシンプルな、個々の味や風味をくっきり受け取れるほうがいい。やがて具が二種類だけのシンプル鍋を食すようになるのだが、そこへ辿りつくまでには時間がかかった。

大学を出てまもなく伯母が亡くなった。伯父はすでに交際のあった女の許へ去り、家も他人手に渡ることになりきのこの家は解体され、母と私が残った。私も病弱だったが母はもっと病弱だったので、私がなんとかするしかなかった。広告代理店でコピーを書いたり、三歳から習い覚えたバイオリンでスタジオミュージシャンをしてヨチヨチと社会の中へ入っていった。

そんな私のために母はよく寄せ鍋を作ってくれた。丁寧な母はほうれん草を白菜に包み、白身魚はごく薄味をつけ片栗粉を振り湯通しをして、私が鶏のブツ切りが気に召さぬと感じればつくね団子にしてくれた。ダシがよく出るからとハマグリが加わることもあった。しかし一家団欒的匂いの湯気の向こうにひっそりとした母を見ながら豪勢な寄せ鍋を食すのはなんとも苦痛だった。ある時、母に言った。「もう寄せ鍋は止めにして、もっとシンプルな鍋にしようよ」。母は静かな顔を上げてこっくりと頷いた。

それから真面目な母はいろんなシンプル鍋を考えてくれた。豚とほうれん草の常夜鍋。かじきマグロ（本マグロより安いし、煮ても身が固くならず美味）と深谷葱のねぎま鍋。大根おろしと豆腐の雪鍋。つくねと蕪の鍋……。あまり大きくはない鍋で仕立てられたそれらシンプル鍋は私をホッとさせてくれた。寄せ鍋には体力負けしてしまうが、シンプル鍋ならきちんと向き合える。材料の味と風味もくっきり感じ取れる。あとの汁がどろりと濁ることもない。

その母も亡くなり、代々の江戸っ子の末裔（まつえい）である私はふるさと東京の地でひとりぼっちと相成った。メガロポリスの荒野に一個だけぽっこり生えているきのこというのもなんだか妙なものだが、それはそれで風通しも居心地も悪くない。すでに小さくはなくなった手で菜箸を握り、せっせとシンプル鍋を作っている。メニューも増えた。鴨（かも）とクレソン、ホタルイカと野セリ、揚げと壬生菜（みぶな）、さんまのブツ切りと湯豆腐、豆乳の湯豆腐と湯葉、鯒（こち）や鱧（はも）のしゃぶしゃぶ、大根のしゃぶしゃぶもなかなかだ。しかし今でもやっぱり寄せ鍋だけは苦手だ。一家団欒という幻のような匂いの湯気を浴びるだけですっかりくたびれてしまう。

あたたかい鍋

増田れい子

私に、鍋のおいしさを教えてくれたのは、ある先輩記者だった。男の記者である。どういうわけか、私の母は、すきやきの他には、鍋ものというのをしなかった。だから水たき、寄せ鍋、常夜鍋(じょうやなべ)、そういう言葉を耳にすることはあっても、味を知らなかった。

先輩記者は、私が、所帯を持ったとき、亭主経由で、その鍋を教えてくれたのだが、私の亭主になったひとが、先輩記者にとっては愛弟子的な存在だったところから、どうもお前のカミさんは、台所の方の実力はあんまりなさそうだ、新聞記者はからだで書くのだから、安くてうまくて力のつくものを、ちゃんと食べなきゃいけない、ついては、ウチのエネルギーメニューを伝授するから、カミさんにつくってもらえよ……ということだったらしい。

それは、白菜と豚肉だけの水たきだった。豚は、肩ロースあたりがいいよ、とただし書きがついていた。それをまるで花びらのようにうすくうすく切ってもらう。桃色の花びらになった豚肉を、たぎった湯に惜し気なく入れ、あとは、ちりめんじわの初々しい白菜をただぶつ切りしたのを、好きなだけ入れる。ほうほうと白い湯気のなかで、煮えたそばからしょうがじょうゆで食べるのである。

白菜と豚肉。どちらも割合いに安い。それに根しょうがさえあれば、材料はＯＫ。いくら忙しくても、これくらいは買いととのえられる。のちには、昆布だしをとるようになったが、だしなしでも十二分にうまいのだった。

蛋白質もとれるし、野菜もたっぷり食べられる。その冬中、あきずに豚白菜の水たきをつくった。土鍋はうんと大きいのを用意した。不意に、客が来たようなときでも、この大鍋で、豚白菜の水たきをすれば、誰でも口をすぼめてうまいうまいといった。その客たちはメモ帳に豚は肩ロースをなどと鉛筆で書きこみ、愛妻に伝えるようだった。

その翌年だったたか、先輩記者の家に亭主ともども招ばれて行ってごちそうになったのがとりとほうれんそうの水たきだった。

「年とってくると、豚よりとりの方が軽くっていいんだ」

と、先輩記者は言った。髪の毛に白いものが目立つようになっていた。

昆布だしを煮立て、酒を加え、そこへ、とりのぶつ切りを入れる。とりが煮えかげんになったら、青々としたほうれんそうをどっさり、鍋がほうれんそうだらけになるほど入れる。これは、レモン汁かポン酢で食べた。

　早速、わが家に移入して、とりとほうれんそうの水たきもくり返しつくった。

　木枯らしが通りをかけ抜けるようになると自然と、鍋をつくりたくなる。このごろよくつくるのは、とりのひき肉にたまごの黄味と片栗粉をまぜてつくったやわらかいとりだんごを主体に白菜、長ねぎ、しいたけ、あればまつたけ、しらたき、それに春菊などをとり合わせたちょっとはなやかな鍋。たいていレモン汁かポン酢で食べる。しかし食べる量がずいぶん減った。いつの間にか土鍋はひとまわり小さいのを使うようになっている。

　そして、ついこの間、私にはじめて、鍋を教えてくれた先輩記者が、亡くなった。直腸ガンが転移したのだった。さいごにあったのが、銀座のとあるめし屋であった。夫と私が、そこでひるごはんを食べていると、先輩記者がやはりご夫婦で入って来られたのである。私たちは鯛茶だった。先輩記者は、

「キミたちも、年とったなあ」と、まず毒舌をあびせ（それがたのしみなのだった）自分は、特上のうなぎをとった。

　あぶらの乗ったふくよかそうなうなぎを、先輩は、ほんの少しずつ、口へ運んでい

た。

　四十九日の小さな集りが、先輩記者の家で開かれて、私も席のはしにつらなった。ごちそうは、鍋であった。豚と白菜、とりとほうれんそうの二た通りの鍋が用意されていた。未亡人が口を開いた。

「故人が、好きだったものでございます。皆さまおなじみの鍋で珍しくもありませんが、どうぞたっぷり召し上って下さいまし」

　未亡人を手伝って立ち働く白髪の老婦人がいた。お礼をいいに、台所へ行くと未亡人は、その老婦人に私を紹介して下さりながら、

「あの二つのお鍋、実はこの奥さまの亡くなられたご主人から教わりましたのよ」と言った。老婦人の亡きご主人は、故人の先輩記者に当るのだった。

「いえね、私も、主人の先輩から教わったんですよ」

　老婦人は、静かに言った。何人もの先輩から何人もの後輩に伝えられた鍋。

　鍋には物理的なあたたかさの他に、もうひとつ立ちのぼるあたたかさがある。人情といったような、友情といったような、深い絆といったような――。

鍋奉行

山口瞳

九月の半ばを過ぎると、そろそろ鍋もののシーズンになるが、鍋ものを食べに行くときは相手を選ばないといけない。

まったく人はわからないもので、これはと思う痩（や）せっぽちの友人が大喰いであったりする。親の代から軽井沢に別荘のある奴が、食事になると目の色が変ってしまうことがある。

大喰いはまだいい。場合によってはお代りを頼めばいいのだから――。問題はスピードである。競馬でいえば、ワラビーとかダイハードのようなジリ足系統はいいのだけれど、パーソロン、スパニッシュイクスプレス、サウンドトラック、ミンシオといった短距離系が困るのである。すなわち、テンのダッシュが鋭い男である。

かりにアンコウ鍋であると、キモ、ぶるぶるした皮の部分、なにかわからぬが内臓、肉といった順序にうまいと思うが、いきなりキモを喰ってしまって、これをたいらげたあと皮になる。ついで内臓をさらってしまう。

こういう際に、キモはよく煮ないと危険だと言うのも何か意地が悪いようで言いだせない。それが困る。

とにかく、彼は、一心不乱である。私とすれば、久しぶりに会って、ゆっくり話をしたいと思ったので、鍋ものにしたのである。それが、鍋がきたとたんに、それこそ目つきも顔つきも変ってしまって、とても話どころではない。そうして、彼が、やっと人心地ついたという様子でこちらを見るときは、すでに鍋のなかにはロクなものが残っていない。

私は、自分のイビキによって、あやうく親友の一人を失いそうになったことがあるが、眠れぬ恨み、喰いものの恨みは長く残るので始末がわるい。

＊

鍋奉行という言葉がある。この言葉がどこから出てきたのか、誰が言いだしたのか、まるでわからないけれど、まさに言い得て妙というところがある。

多分、この言葉は、鍋料理のときに支配者的になる男という意味だろう。

ふだんはおとなしくて口もきけないような男が、スキヤキになると、ああだこうだと言いだす。殺気だってくる。

「ああ駄目だ駄目だ。そうやっちゃ駄目だ。……ああ、ああ」

大仰に嘆いたりする。

*

二十年ぐらい前に、私が雑誌の編集者をしていたときに、Aという小説家に食事に招かれた。それがスキヤキだった。

まだ食糧が乏しく、特に肉は大変な御馳走(ごちそう)だった。

このAが鍋奉行だった。なんだかんだとうるさい。私と二人きりなのに大きな声をだす。

私が、これは私の肉だと考え、目をつけていた奴に箸(はし)をのばそうとすると、あ、それはまだ早いと言う。もういいかと思って再び箸をのばすと、煮つまったな、ダシをいれようと言う。その次に、頃あいだなと思っていると、あれ、薄くなっちまったなと言って砂糖をふりかけてしまう。

ついに私は、肉片を口にいれることがなくてスキヤキが終った。なにしろ、ネギをつかもうと思っても、向うの目が光るので、こっちは酒を飲むだけである。Aは下戸(げこ)である。本当に、奉行と容疑者の関係だった。

食事が終って、さあ、こんどはきみにいいものを見せようとAが言った。Aの娘が二人出てきて、レコードで「かもめの水兵さん」を踊った。その娘二人の面（つら）のまずいこと、踊りの下手なこと、態度の生意気なこと、それはいまでも忘れられない。

鍋の季節

柴崎友香

鍋の季節がやってきた。

鍋が楽しみな季節、というよりは、鍋でもいい季節。こどものころ、冬はとにかく鍋だった。週に三回くらい鍋、しかも特にバリエーションもなく、鶏か豚の水炊き。本来は豚では「水炊き」と言わないのかもしれないが、昆布だしに、白菜と豆腐ときのこ類、春雨が入っているという、ごくごく基本の鍋が、一日おきに食卓に載っていた。

「また鍋か……」などと思うことは、全然なかった。もしかしたら、毎日鍋でもよかったかもしれない。特に豚が好きなので、豚と白菜をポン酢で食べられさえすれば、なんの不満もないみたいだ。それでもなんとなく、真夏に鍋というのはやりにくいもの。だから、冬が来ると堂々と鍋ばっかり食べられて幸せだなあ、と思う。

家の外でも、やたら鍋ばかりやっていた。大学のときは写真部に入っていた。わたしたちのちょっと上の世代は景気がよくて写真展の打ち上げなども居酒屋などへ行っていたらしかったが、わたしが入部したころから「部室で鍋」が定番になった。畳敷きの狭い部室で、人数の割には小さすぎる鍋に、とにかく次々材料を入れた。

四年生のときに、みんなができあがりを固唾を呑んで見守っていたところ、新入生の女子がフタを取ってささっと肉だけ食べてまたフタを閉めるというできごとがあった。しかも堂々と。当時でも「新人類」なんて死語だったけれど、あまりに想像を越えた行動に、みんな怒ることもできなくて呆然としていた。材料を入れる順番から食べるタイミングまでこだわる「鍋奉行」など吹き飛んでしまいかねない大事件だったわけだけれど、それくらい、鍋を前にしたときのみんなの期待は大きい。

二十代を通して、なにかといえば鍋だった。冬を待たずとも、鍋をしてもおかしくない季節であれば、とりあえず鍋。当時は自分も含めてお金がない人ばかりだったので、人の家でばかり飲んでいた。当時というか、今だってテレビで高級料理の金額を自慢されるたびに、そんなのを食べる人はどこに行けば会えるんだろうかと不思議になってしまう（こないだも、デパ地下の洋菓子店のショーケースに並ぶ一切れ八百八十円のショートケーキを見た際、「高っ！　おおかた千円やん！」と大声で言ってしまったのは、やっぱり大阪人の血かもしれない……）。というわけで、人数が多いとき、安くて簡単なのは鍋。そのころになると、キムチ鍋が流行っていて、バリエーションも増えて楽しかった。一度、クラブ（女の子が横に座るほう）でアルバイトしていた友だちがお客さんから高級牛肉をもらってきて、それですき焼きをしたのが、とてもいい思い出になっている。

こないだついに、外で「一人鍋」をした。ちょっと緊張したが、一人で食べてもおいしいものはおいしいので、さびしいなどとはまったく思わなかった。せいろを使った豚の蒸ししゃぶしゃぶで、家でもやろう、と考えるだけでわくわくした。

すでに家では、一人鍋し放題だ。毎日鍋でも、誰にも文句を言われない。思う存分、豚と白菜をポン酢につけて幸せ。さらに、翌日のお昼に鍋の残りにうどんを入れて食べるのが、いちばんの楽しみだ。夜、鍋を食べたすぐあとにうどんや雑炊ももちろんおいしいけれど、一晩置いて味がなじんだダシにうどんがほんとうにおいしい。翌日のうどんのために、鍋をしてるんじゃないかと思うくらいだ。

それにしても、こんなにおいしいものが、手間なしだなんて。材料を切るだけ。その材料も全部どこにでも売っているお買い得な野菜ばっかり。自分でもどうかと思うほどのめんどくさがりのわたしにとっては、「ああ、この世に鍋があってほんとうによかった」とつくづく思うほどの、すばらしい料理だ。

相変わらず、基本の昆布だしに豚と白菜があればいいのだけれど、最近はいろんな鍋ダシが売られているので、スーパーで新商品を見るとつい買ってしまう。ちゃんこ鍋、地鶏塩スープ、担担ごま鍋とより取り見取り。カレー鍋もメジャーになってきた。どれもおいしいし、さらに翌日いろんな味のうどんが楽しめるのも幸せなことだ。

鍋奉行気質はまったくなく、なんでも鍋に突っ込んどけばOKのてきとうな性分ですが、鍋にどうしても入れたいのが春雨の類。マロニーとかくずきりとかどれでもいいのだけれど、とにかくぐにゃぐにゃした食感の食べ物が好きなので、なにか入っていないと物足りない。すき焼きでも肉じゃなくて糸こんにゃく（関西では白いのも黒いのもみんな「糸こんにゃく」）がいちばん好きかも。

お隣の韓国や中華料理では、もう少し香辛料が入った感じの鍋がいろいろあってそれも好きなのだが、ほかの国にも、こんな便利でおいしい食べ物はあるのだろうか。ブイヤベースもおいしいけれど、ちょっと手間がかかりそうだ（作ったことがないからわからないけど）。カレー鍋が成功したので、コンソメとかミネストローネとかクリームシチューとか、もっと各国の味を取り入れたダシが商品化されないかなあと、想像してしまう。

この冬は、どんな鍋を何回食べられるのか、そしてそのあとのうどんを何回食べられるのかと、考えただけで楽しい。

ところで、よく「好きな鍋ランキング」におでんが入っているのが、ひっかかる。

おでんって鍋で作るけど「鍋」とはまた違う気がするのですが、どうでしょう?

1月　お正月はナベだ！

中島梓

とりあえず、年があけてからクリスマスの話でもねえよなと思ったんで、お年玉がわりってことで、さて。おせちの話ってのは、あまり面白くもないというか、してもしょうがないというか、基本的におんなじというか……

それに、どうもね、今年は私はあんまりおせちに対して熱意がなかったんですよね。すっごく、おおみそかに体調悪かったせいもあったけど、なんか、まあいっかって感じで、すっごく省略にしてしまいました。だってみんな食べないんだもん、おせちの煮染め（にしめ）とか真面目に、伝統どおりに作ったたって。ま、今年は生協でほとんど伊達巻き（だてまき）とかかまぼことか揃え（そろえ）てしまったんですごく楽だったしね。

とにかくおせちとか食べるのって、じっさいには1日の朝と2日の朝、だけでしょ。これまですごく伝統にのっとってとりガラでスープとり、煮染めも各種別のナベで煮て、とかってすごい頑張っていたんですけど、いったん「もういいや」ってなると、ぐずぐずと崩れてゆきますねえ。まあでも、結局何回か煮染めをダメにしてしまってから、「ああ、これって本当に日本のいまの正月の実状とあってないんだな」って思うようになりましたからね。これはこれで、これかな。きっと、そうなんだ（爆）

で、じゃあどうするかというと、この冬はズバリ「ナベ」で決まりですね。うちは中華春雨なべとかきりたんぽ鍋とか、わりと同じものが多かったんですが、今年の冬は、なぜか「ちりなべ」とか「ちゃんこなべ」とか、かなーり目新しいものが登場してまして、これがまた、評判いいんですねえ。うん、鍋にはルールなんかないので、もっともっと、どんどん自由自在にいろいろなおなベライフを楽しんでもいいんじゃないか、と最近になってすごく考えてるところです。

とりあえず、こないだうちで評判よかった「ちゃんこなべ」と、よくやる「チゲなべ」をご紹介しとこうかな、なんて。

2003年1月1日（水）

本日のレシピ

ちゃんこなべ

ナベってのは簡単なのと誰でもなんとかごたごた煮ていればなんとなくおいしくできるってのが最高のとりえですが、「ちゃんこなべのコツ」ってのは、東海林さだおさんのエッセイで知って、試してみたらえらい好評だったですね。

このコツが2つ。

「海のタンパク質、山のタンパク質、野菜をまぜる」――で、こないだうちでは「クエ」って魚の切り身が手に入ったので、それと、蟹（かに）。それにとりのつくねに、油揚げ。このアブラゲと、本当はゴボウもいれるってありましたけどね。とにかく、魚と、肉と、それにアブラゲ、というのがちゃんこのツボらしいです。あとは大根、えのき、マイタケ、ねぎ、白菜とお馴染（なじ）みセット。

でもって、これもコツその2、ちゃんこ鍋ってのはとりあえずしょうゆ味なんですが（少なくとも私の作ったのはね）東海林さだおさんのレシピにもとづいて「バターをひときれ」投入して煮ました。そしたら、かなーりそれらしくなったようです。あとはもう、それこそ春雨でもしらたきでもマロニーちゃんでも、お豆腐でも焼き豆腐でも、シメはご飯入れてぞうすいでも、おもちいれてもうどんいれても。それ全部入れてまさしくおすもうさんのお食事になっちゃっても当方は責任もちません。でも、いずれにせよ、この鍋は、なかなか便利だな、と思いましたね（笑）まあ鍋なんて基本的にそんなもんかもしれないけど。

自家流チゲなべ

となるともうひとつの鍋はちょっと芸のあるのってことで。

って、芸って特にあるわけでもないんだけど。韓国ふうのからいお鍋ですが、こいつがやみくもにあったまります。これもアブラゲ入りますね。お豆腐、ねぎ、ねぎは薄切り、えのき、マイタケ（これは私が好きだからね、何にでも入るのだ、文句あっか（爆））あとお店で食べたのはピーマンとかにんじんとか入っていたなあ。で、キムチですね。キムチにコチュジャンで辛さを調節します。お肉は、まあ、好きずきですが、すじ肉なんかおいしそうですね。私ならカニチゲとかにするかもしれませんが。肉だんごも結構そうです。

で、とにかくタマゴ！　タマゴなしのチゲなべなんて、って感じで、これだけのものいろいろ入れてふつふつ煮て、あげぎわにタマゴを割り込んで、半熟のところを出す、のでないと私のなかではチゲなべとはいえないなあ。これは、うまいですね。からいコチュジャン風味で半熟に煮えたタマゴと豆腐、こいつをご飯にかけて食べたりするとこたえられない。きっと本当の韓国の味にはほど遠い自己流チゲなんですが……あ、赤坂の「楽々」の豆腐チゲがちょっと食べたくなってきたなあ。スンドゥブ鍋てのもあって、これがまたべらぼうに辛いんですが、冬には最高です。うう、寒くておなかすいてるものだから、すごくなんか、そういう辛くてあったかいもの食べたい（爆）ま、あんまりレシピじゃないじゃないかって云われそうだけど、お鍋ですからね。要するにお鍋にいれて煮ればいいいんです（大爆）

きりたんぽ鍋、の巻。

本上まなみ

時々食卓に上るのに、実のところ「ホンモノ」を食べたことがない。そういう料理があります。

秋田の郷土料理、きりたんぽ鍋。

秋田は、私の母方の田舎、山形のすぐ上にあります。

私は秋田に親しみを感じている者です。親戚がいたり、友だちの出身地であったり。かの有名なナマハゲも、置物が実家にあるしね。その人形、首にはバネがついていてあのコワい顔がゆらゆらゆれるという代物です。子どものころはニュースでナマハゲの映像が流れるたびに恐ろしすぎて首筋にへんな汗をかいたけど、一児の母となった今では「悪いことするとナマハゲがくるよ！」って子どもに言いたくって言いたくって仕方がありません。

そういえば初めて鮎の友釣りを経験したのも秋田だったなあ。北秋田、阿仁（あに）川で、鮎解禁の日に地元の方に連れて行ってもらって七匹も釣らせてもらったのでした。もうずいぶん前のことなのに、今でも楽しくて、そのあとおいしかった記憶が鮮やかによみがえる。

というわけで接点がないわけではないのに、考えてみると本場のきりたんぽ鍋は食べたことがなかったのであります。

木枯らしが吹くころになると、東京のスーパーには袋詰めのきりたんぽが出現します。だいたいお肉コーナーの鶏肉周辺か、豆腐、油揚げコーナーね。真空パックで三本から四本入り。遠くからだと、ぱっと見ちくわっぽいのですが、近づくと「たんぽ」だとわかる。触るとカチカチです。棒みたい。

毎冬、これに出会った日に（おお、久しぶり）と買い物カゴに入れてしまう癖がついているのです。

見るとつい買っちゃうんだよねえ、という品物がみなさんにもあれこれあると思いますが、私の場合は、きりたんぽがそう。ああコレコレと、後先考えず手に取ってしまうのでありました。

で、たいてい一週間くらい、きりたんぽは我が家の冷蔵庫で出陣の時を待つ。どうしてだか、買ってしまうと安心しがちな私です。

でも大丈夫、しばらくすると日々のごはん作りのやりくりで、なんとなくゴボウやら油揚げやらが冷蔵庫に集まってきます。

たとえるなら麻雀とかでだんだん牌が揃ってくる感覚。

おもしろいものですねえ。意欲的に食材を集めることをしなくても「きりたんぽ鍋」への風が吹き始めるの。その風をぐっとつかんで引き寄せるのです。


ではここで、きりたんぽ鍋の作り方（自己流）を紹介します。

鰹昆布だしに醤油とお酒。ゴボウのささがきをどっさり、鶏モモのそぎ切り、白ネギぶつ切り、油揚げとマイタケ、主役のきりたんぽを入れてくつくつ。あとはテーブルの上で煮ながら、セリ、水菜、春菊を足しつつ食べる。

つい先日も、そうして食しました。

この鍋の醍醐味は、やっぱりおだしを吸ったたんぽにありますね。だしこそが命です。中でも、ゴボウとマイタケがなければ、きりたんぽはさぞかし寂しがるでしょうなあ。あの大地そのものの香りとうまみは、他では得られませんからね。あ、でも、鶏とセリもないと、盛り上がりに欠けるなあ。それに白ネギだって、油揚げだって……。まあ、とにかく全部が、絶対必要ということでしょう。

鍋終盤、長時間煮こまれたきりたんぽが底のほうからひょっこり発見されるのも、ささやかなヨロコビであります。

季節を問わず、たいていのものは食べられる現代ですが、きりたんぽ鍋はやっぱり冬まで待って食べたい味のひとつ。レシピを調べてみると、本来は鶏ガラでスープを取るそうで、糸こんにゃくを入れたり、セリは根っこも入れたりするところもあるらしい。セリの根っことは！　いったいどんな味なんだろう。

うちの鍋よりずっとずっと濃厚で野趣あふれるものに違いありません。

いつか本場モノを味わってみたいものです。

鱈のこと

江國香織

鱈(たら)という魚が好きで、寒い季節によく食べる。鱈はすばらしいと思う。身の、あの美しい白さと舌触り、繊維にそってほどけるような嚙みごたえ。

鱈はでしゃばらない。控え目で、心根がよく、思慮深い魚だという気がする。切身でしか買ったことがないので全身の構造はわからないが、切身から判断する限り、びっくりするほど身が豊富だ。小骨がないので食べやすい。自分の身を惜しげもなくさしだしてくれる寛大な生きもので、そこには殉教者のように高潔な精神を感じる。

干し鱈もおいしい――ときどき行くスペイン料理屋さんでは、干し鱈のスクランブルエッグをだしてくれる――けれど、私は干していない鱈の方がより好きだ。鱈ちりにしたりフライにしたり、じゃがいもと一緒にグラタンにしたりして食べる。

鱈を食べると、冬の、暗くつめたい海を連想する。それからグリム童話の「漁師とおかみさん」を。

　あの童話にでてくる魚はひらめなので、これは奇妙なことと言わなくてはならない。でも、私にとってはひらめではなく鱒こそが、どういうわけかあの物語を思いださせる魚なのだ。

　それはこういう話だ。漁師がある日ひらめをつる。生かしておいてくれ、海へ戻してくれ、というひらめの願いを聞き入れて、海へ返してやる（そのとき、ひらめの口からすーっと血の糸がひく）。漁師は家に帰っておかみさんにその出来事を話す。おかみさんは、ひらめの願いを叶えたのだから、自分たちの願いも叶えてもらってしかるべきだ、と言う。漁師は気が進まないのだが、おかみさんには逆らえない人なので、言われた通り海にでかける。そして、小さいかわいい家が欲しい、というおかみさんの希望を伝える。ひらめは願いを叶えてくれる。けれどおかみさんは満足しない。やっぱり宮殿が欲しい、と言い、今度は王さまになりたい、と言い、次は皇帝になりたい、と言う。ひらめはその都度願いを叶える。でもおかみさんは満足しない。法王になりたいと望み、ついには神さまになりたいと望む。おかみさんの望みがエスカレートするたびに、すこしずつ空が暗くなり、海が荒れていく。いま手元にある福音館書店版（矢川澄子訳、モーリス・センダックの絵がすばらしい）では、漁師が最後の望みを伝えに行く場面が、こんなふうに描写されている。「おもてはしかし嵐（あらし）がごうごうと吹きすさび、立っているのもむずかしいほどだ。家や立木が吹きたおされ、山々はゆらぎ、岩ががらがら海へころがりおちてゆく。空はコールタールみたいにまっくろで、雷がなり、稲妻がはためき、そして海は教会の塔か、山ほどもある黒い高波がたち、波頭がひとつひとつまっ白くあわだっていた」

　子供のころ、私はこの話がこわかった。お願いだからもうやめて、と、おかみさんに言いたかった。今度こそひらめの怒りに触れてしまう、と思ってはらはらした。でも母はこの話が好きで、ひらめかわいい、とか、おかみさんおもしろい、とか、愉しそうに言いながら、くり返し読んでくれるのだった。ひらめのソテーは母の得意料理の一つで、つくるたびに、ほら、ひらめよ、「漁師とおかみさん」の、あのひらめ、と言った。そう言われると、私は怯んだ。

　それなのに、大人になったいま、私にその童話を思いださせるのはひらめではなく鱒なのだ。ひらめは、あかるく穏やかな海の底で、のんびり暮している気がする。屈折や思慮とは無縁の魚という気がする。うらしま太郎の歌のなかで、鯛と一緒に舞い踊ったりしているせいかもしれない。

　魚には、それぞれイメージがある。私の感じでは、たとえば鮭はやさしそう。鱒はすこしだらしがなさそう。鰯はのびやかで陽気、かますは几帳面。鰊は悲観的で、ひらめは楽観的。おこぜは慎重そうだし、鯛はすこし意地悪そうだ。まぐろは率直に違いないけれど、冷淡なところもあると思う。鯵（あじ）は真面目だけれど、やや自分本位。かわはぎはナルシスティック。

そういえば、以前読んだ井上荒野さんの小説に、おもしろい描写があった。主人公の女性が、自分より若いある女性（フィットネスクラブのインストラクター）の身体を自分のそれとひきくらべ、「彼女に比べれば私の体には緩みがある」と考える。でも、「彼女が身欠きにしんとすれば私の体は天然ブリだ」と思う。「言わせてもらえば、身欠きにしんになるほうが簡単なのだ。天然ブリを保つためには、知性とか品位とかそういうものが必要なはずだから」と。

妙に納得がいく。勿論、ここでの「身欠きにしん」と「天然ブリ」は人間の体型をなぞらえた場合の比喩であり、「簡単」なのも「知性とか品位とか」が必要なのも人間で、実際の鰊と鰤（ぶり）の性質をくらべているわけではない。魚に罪はないのだ。そして、でもやっぱり、言外にくらべている、と思う。知性と品位。「身欠きにしん」より「天然ブリ」に、それはやっぱりありそうだもの。上手いなあ、と思う（この小説のタイトルは、『しかたのない水』です）。

私なら、断然鱈になりたい。

日本酒をお燗して、鱈ちりを食べながら思う。知性も品位もありそうだし、身がほどけるところがいいもの。

ねぎや白菜を入れる人もいるけれど、私は鱈ちりに野菜は入れない。お豆腐と鱈だけ。静かなお鍋だ。

でも、と、現実生活を営む女としてはすこしだけ躊躇もする。でも、鱈みたいな体型の女というのはどうなんだろう。ほめ言葉にはならないだろうな、やっぱり。

柳川なべ

沢村貞子

私の育った浅草の家と背中あわせに、通りに面して、どじょう屋があった。物干しで洗濯ものを干しながらヒョイと下をみると、その店の裏手が丸見えで、大きなザルが四つも五つも並べられ、その中に黒いどじょうがウヨウヨうごめいて気味が悪かった。目のただれた、そこの息子をみると、母は「殺生（せっしょう）をするからね」と私にささやいた。そのくせ、新ごぼうの出盛るころになると、庭の木戸から愛想よく顔を出して、ひらきどじょうを買ってきて父の好物の柳川なべをこしらえた。

ときどき、おあまりが子供のほうへまわってくるが、私はどじょうを食べる気にはならなかった。生きた姿を物干しから毎日見すぎたせいである。でも、どじょうの味のしみこんだ、ささがきごぼうはとてもおいしかった。だから毎年今ごろに、田舎の小娘のようなほそい新ごぼうを八百屋の店先でみかけると、とんで帰って母にしらせた。

　母のない今、見よう見まねで私は柳川なべをこしらえる。よく切れる包丁の先でごぼうに四、五本の筋目をいれ、水の中へサッサッとささがきにするのは楽しい。うすくほそく、上手にできれば下煮をしないほうが味もかおりもずっといい。平たいなべにたいらにおき、その上に湯洗いしたどじょうをしっぽを中心に放射状に並べ、たれをそそいで中火で煮て卵でとじる。味も栄養もまさに上々。

　このごろでは、どじょうもうまいと思って食べるようになった。齢をとって生者必滅と悟ったのか、それとも図々しく鈍感になったのだろうか。

豚しゃぶの本性〜鍋の脇

阿川佐和子

　セクシー女性タレントが「オトコをゲットする技」について他の女性タレント諸氏に指南するというテレビ番組をチラリと見た。全部を見ていたわけではないので他のポイントはわからないのだが、料理に関する話をしていたとき、ふと目にとまった。

「自分の部屋にボーイフレンドを招いたとき、用意するべき料理はどれか」

　一番、ハンバーグ、二番、肉じゃが、三番（忘れた）、四番、鍋料理。

「うーん、なんだろう。ハンバーグ？」

　一人が答えた。テレビを見ながら私も頷（うなず）いた。オトコはハンバーグが好きである。ハンバーグなら失敗も少ない。喜ばれるのではないか。

「鍋だと思う」

　そう答えた人もいる。私はテレビに向かって首を横に振った。鍋はなんたって大人数で食べるものだ。最愛の人と二人でつつくものではない。それは違うね。すると先生であるセクシー嬢がにこやかに答えたのである。

「正解は鍋料理です」

「えーっ？」

なぜならば、とセクシー先生が語り始めたところによると、まず、鍋は共同作業である。作っているうちに連帯感が生まれ、互いの距離がぐっと近づく。ふーん、なるほどね。その上、相手の性格や好みもわかる。しいたけが嫌いだとか豆腐が好きだとか。最後の肉の一枚を何の断りもなく奪ってしまうオトコは自己中心型。「君にあげる」と言う人は思いやりのあるオトコ。相手のことを知るための情報が鍋のなかにはたっぷり詰まっているのだそうだ。

たしかに鍋を囲むと、本性が表れる。なぜだろう。燃えさかる火の影響で興奮するせいか。できあがった料理を前にしてああだこうだ文句を言うのとは違い、未完成の料理にはつい口と手を挟みたくなるのが人の常。それぞれに、小さい頃から仕込まれたその家独自の作り方、食べ方、そして味というものがある。

だいぶ昔、結婚してまもない友達の家に招かれた。家で豚しゃぶを食べようというお誘いである。まだ馴染みの薄い友達のご主人の前で私は最初、猫をかぶっていたが、ご主人は気さくな方で、妻の友達に対しても愛想よく、サービスこれ努めてくださった。

「じゃ、あなた、そろそろお鍋をお願い……」

「おお、わかった」

若妻の指示に応えてご主人は席を立ち上がり、湯気の上がる土鍋めがけて威勢よく野菜類を入れていく。豚しゃぶだよなあ、と私は思った。お肉から先に入れたほうがいいんじゃないかなあ。

「私、やりましょうか……？」

「いやいや、大丈夫ですよ」

「でも、野菜より、お肉を先に……？」

「あ、じゃあ」と答えたかと思ったら、ご主人、今度は肉の皿を持ち上げて、すでに野菜の入っている鍋の中へ豚肉を投入し始めた。

子供の頃から豚しゃぶは、まず豚肉を入れ、完全に火が通ったのを見計らってから野菜を入れろと母に教え込まれてきた。生の豚肉には悪い菌がいてお腹を壊す。だから豚しゃぶを作るときは、最初に豚肉を入れ、沸騰するまで蓋をするというのが、私の知っている「豚しゃぶの手順」というものであった。

野菜の上から肉を入れて、大丈夫だろうか。牛しゃぶと間違えているのではないだろうか……。

思えば子供の頃、我が家で牛しゃぶというものをやった記憶がほとんどない。鍋と言えばすき焼きか、あるいは豚しゃぶと決まっていた。さして特別なものを入れるわけではないけれど、唯一、うるさく注文したのは豚肉の厚みである。お肉屋さんへ行き、店頭に並んでいる「豚しゃぶ用ロース薄切り」を指さしながら、「すみませんが、これよりもっと薄く、あちらが透けて見えるほど薄く、切っていただけませんか」とお願いする。

「えー？　これより薄くは切れないよ」

嫌がられても負けてはなるまい。

「切れる切れる。大丈夫」

お肉屋さんを励まして、しつこくお願いする。こうしてようやく手に入れた薄い薄い豚肉だからこそ、豚しゃぶはおいしいのである。というのが、ウチの豚しゃぶの流儀だった。

若夫婦の家の豚肉は、私の理想の薄さではなかったが、それはまあよしとしよう。しかし、半煮え豚肉だけは妥協できない。

それをおおらかご主人、完璧に無視なさる。若妻もさして気にする様子はない。

「お、肉がなくなったね」と気づくが早いか、さっと立ち上がり、野菜や豆腐の上に追加の生豚肉をドンドン入れて、沸騰する前に手を伸ばそうとなさる。とうとう私は黙っていられなくなり、豚肉を自分の小鉢に取り上げようとするご主人に向かい、叫んだ。

「ダメ！　まだ食べちゃ駄目！」

そして土鍋に蓋をして、しばし待つよう命じたのである。お酒の勢いもあったと思う。ご主人が人なつこい方だったおかげもある。が、ついに客人であるはずの私はいつのまにか鍋奉行と化し、最後のおじやの段に至るまで、一人で鍋を采配した。

それ以来、彼らから鍋に誘われたことはない。

「アガワと鍋、やると怖いんだもん。自由に食べさせてくれないんだもんね」

確かに鍋は、人の本性をつまびらかにしてくれる。

鍋の脇

前回に続き、鍋の話をしようと思う。子供の頃、我が家でしゃぶしゃぶと言えばもっぱら豚しゃぶで、牛肉のしゃぶしゃぶを家で食べた覚えがあまりない。いい牛肉が手に入ったと聞くと父は即座に、「そりゃ、すき焼きがいいんじゃないか？」とさりげなく家族を誘導する。父がそう発言したあとで、「いやだ、私はしゃぶしゃぶがいい！」なんて子供のわがままは通用しない家だったので、素直に従う。すき焼きが嫌いだったわけではないけれど、小さい頃は、しだいに煮詰まってくるすき焼きの甘さがだんだんつらくなるせいで、「ああ、牛しゃぶが食べたかったなあ」という思いの強く残ることが多かった。

その積年の残念感の反動らしく、一人暮らしを始めて以降は、友達を招くとき、「しゃぶしゃぶが食べたいね」と言われると、つい奮発して牛のしゃぶしゃぶを用意してしまう。

牛であろうと豚であろうと鍋に入れる具にさほど変わりはない。問題は、たれである。さっぱり味が好きな人のためには、大根おろしとポン酢かすだち酢。それはそれでおいしいが、私が作る特製のゴマだれは、たいがいの人に喜ばれるぞ。数少ない私の自慢料理と言ってもいい。

作り方は、白ごまペースト、胡麻油、醬油(しょうゆ)、酢、砂糖、豆板醬、ラー油、おろしニンニク、おろし生姜(しょうが)に長ネギのみじん切り。それぞれの分量については、深く追求しないでほしい。そのときどきに味見をしながら作るので、細かく量ったことがないのである。だいたい白ごまペーストと醬油は同量ぐらいにダボダボダボダボ。けっこうな量を使う感じだ。それに対して酢は半量ぐらい。砂糖は小さじ一、二杯かな。あとラー油と胡麻油はタラタラタラタラ。豆板醬は好みに応じて。おろしニンニクとおろし生姜も好みに合わせて入れていただければけっこうだが、長ネギのみじん切りはたっぷりあったほうがおいしいと思われる。

さてここで、さらにくせのある味に仕立て上げたいと思う方は、腐乳（ふにゅう）を入れるといい。初めて腐乳を食べたときは……、それはたしか中学生か高校生の頃、場所は我が家であり、なぜその瓶詰めがウチにあったのかわからないが、とにかくこんな臭いものをどうやって食べるのだろうか、どこがおいしいのかと驚いた。でも、いつのまにか好きになっていたから不思議である。我が家では野菜の中華炒めなどに使っていた記憶がある。

その腐乳と、あるとき赤坂のしゃぶしゃぶ屋、ざくろで期せずして再会した。牛肉のしゃぶしゃぶに添えられたゴマだれがおいしかったので、「なにが入っているのですか」と店の人に尋ねたら、「腐乳を隠し味にしております」と教えられ、なるほどと思って以来、自宅でも採用するようにしている。

もっとくせのある味にしたい方は、ここに香菜（シャンツアイ）を入れることをお勧めする。ぐっと妖気が深まって、アジアを旅している気分に浸れる。香菜の嫌いな方は、ご放念ください。こうして出来上がった粘土色のゴマだれと、さっぱり大根おろしポン酢だれをテーブルに並べ、どうぞお好きなほうで召し上がれとお勧めするのだが、たいていの人、ないし私自身、最初の一口、二口、三口あたりまでは大根おろしポン酢で食べ始める。そしてしばらくのちゴマだれを試し、そのうち、大根おろしはちっとも減らなくなるのが通例である。悪貨は良貨を駆逐する。強烈味はあっさり味を駆逐してしまうらしい。

強烈味の気分でない日、あるいは鍋を食べたいがいろいろな材料を用意する時間も気力もないという日に作るのは、常夜鍋（じょうやなべ）である。さまざまな説があるので本当の出自はわからないが、私は博多の人に教えてもらったので、常夜鍋は博多のものだと認識している。具はほうれん草と豚の薄切りのみ。土鍋に水と日本酒を半々に入れ、出汁昆布を敷く。そこへ豚肉とほうれん草を入れて、ポン酢醤油で食べるだけのきわめてシンプルな鍋である。

なるほど簡単で、たしかに毎晩、食べても飽きそうにない。気に入ってときどき作るのだが、ここで邪念が湧く。ほうれん草と豚ではちょっと寂しい。豆腐くらいは入れてもいいかな。しいたけも食べたい。あら、白菜が冷蔵庫に残っていたよ。そうだ、春雨も入れよう。こうしてシンプル常夜鍋は、しだいに普通の豚しゃぶに変貌していく。

子供の頃から鍋の好きな最大の理由は、最後にあった。最後のおじやが楽しみなのだ。さあ、そろそろおじやにするか。号令がかかるや、私は喜々として鍋に残っている具の取り出し作業を開始する。すっかり具がなくなってスープだけになると、そこへ「足りないかな」と思うぐらいの少なめのご飯をしゃもじですくってポタンと落とす。よくほぐし、塩少々を加え、火を弱めて蓋をする。すかさず冷蔵庫へ跳んでいき、卵を一つ取り出し、茶碗のなかで攪拌（かくはん）して待機する。

「もういい？　そろそろいい？」

　母の許可が下りるのを待ち、蓋を開け、まだ完全に煮詰まっていないおじやめがけて溶き卵をタラタラタラ。均等にまんべんなく流し入れる。再び蓋をして、「火、消して。早く早く。卵がかたくなりすぎたらおいしくないんだから」

　半熟に固まった卵のからまるおじやを小鉢に取り分けて、各自、好き好きに味を足し、残ったポン酢を入れたりして、フウフウ言いながら食べるおじやは、鍋のフィナーレに欠かせない。

鍋にも色々

島本理生

季節の変わり目に、まだ平気だろう、と油断して薄着でいたら、あっさり風邪をひいた。
喉（のど）が痛くて、熱も出たために、朝から夜までベッドにふせて
「うー。咳（せき）をしても一人、とはこのことか」
などと言っていたら、近所に住む女友達が看病に来てくれた。
買い物袋をどんと台所に置いて
「おつかれー。今夜は水炊きにしようね」
と準備を始めた彼女を見て、持つべきものは優しい女友達……と感動した私は、思いあまって
「いっそ私のお嫁に来て！」

と求婚した。

なにをバカなことを、と笑われるかと思いきや、彼女は白菜を刻んでいた手をぴたっと止めて
「……誰ももらってくれなかったら、ね」

本気で検討されてしまった。

妙齢女子の心はデリケートなのである。

そして出来上がった鍋は、鶏のぶつ切りからじわっとダシが出て、白菜やキノコは熱々で、風邪でだるい体によく効いた。

鍋は、意外と各家庭の個性が出る料理だ。

切って入れるだけ、と思いきや、オリジナルのダシを作ったり、具材にこだわったり、サイドメニューも用意したりと、シンプルだからこそバリエーションは尽きない。

そのため作る人の個性が衝突することもある。

以前、知人女性のF澤さんが、自宅で鍋パーティをすることになり、私も招待された。

仕事で遅れて到着した私が
「どうも、どうも。すみません」

と台所に入ったら、まな板の上には、すでに野菜や肉がこんもり。

その中に、やけに細かく切られた春菊を見つけた。粗みじん切りくらいの細かさだったので、変わった切り方だな、とは思った。

そして後日。

「やっぱり島本さんも変だと思いましたよね！　あの春菊!!」

私の質問に、Ｆ澤さんは烈火のごとく怒り出して、ことの顚末を語った。

それは、男性陣がお酒を買いに行って、女性だけで食材を切っていたときのこと。後輩女子が春菊を粗みじん切りにしているので、びっくりしたＦ澤さんが
「あの、春菊の切り方、細かすぎない？」

とやんわり注意したら、彼女は突然
「Ｆ澤さんって、Ａ型でしたっけ？」

と訊き返した。

Ｆ澤さんが困惑しつつも、そうだけど、と答えると
「やっぱりー。Ａ型の人って細かいことにこだわるんですよね。私、Ｂ型だから気にしないんですぅ」

その発言に、内心ぶちっと切れたＦ澤さんだったが、鍋パーティをぶち壊しにするまいと堪えたそうな。

Ｆ澤さんは、私の前で、紅茶カップを持つ手をふるわせると

「煮えやすい春菊をあんなに細かくしたら、すぐに鍋の中でどろどろになって、食感もなにもあったものじゃないのに。血液型の問題じゃないだろって」

「そ、そんなことがあったとは」

「おまけに戻ってきた男の人たちが、春菊小さくないか、て言ったときには、彼女、知らん顔だったんですよ！　彼らにも血液型のせいにしろよって思いましたよ」

鍋の準備は、連帯責任になりやすい。F澤さんは悔しそうに唇を噛んでいた。


大勢で食べる鍋は、思わぬアクシデントに見舞われることもあるが、準備をしながらレシピを教えてもらったりできるのが楽しい。

料理好きの友人に教わった鶏つみれは、いつお客さんにふるまっても好評だ。

作り方は簡単で、味付けした鶏ひき肉に、すり下ろして水気を切ったレンコンを混ぜるだけ。これに、火を通すと、ふわっとふくらんで、おどろくほどジューシーな鶏つみれになる。

時折、すり残しのレンコンのカケラが混ざっていると、軟骨のようにこりこりとした食感で、これまた美味しい。

昨年、女友達の家で初めて豆乳キムチ鍋を食べ、想像よりもずっと美味しくてびっくりした。

それまで豆乳といえば、妙に生っぽくて、中途半端に甘いという偏見を持っていたが、鍋用の無調整豆乳は、どちらかといえば豆腐や湯葉に味が近く、ふわっとした口当たりとキムチの甘辛さとが好相性で、いくらでも食べられた。

あまりの美味しさに、お客一同が餓鬼と化し

「部活帰りの男子校生みたい……っ」

と恐れおののいた友人に、昨夜の残りの角煮とライスまで出してもらい、すべてたいらげた。

私は満腹でぐったりしながら

「遊びに行って、こんな食事が出てきたら即住みつきたい」

と一人暮らしの男性みたいな感想を抱いた。

色んな鍋があるものの、王様といえば、やはりすき焼きだろうか。

年越しの夜、親戚（しんせき）の家に行くと決まってすき焼きが出たので、今でも特別なメニューという印象がある。

脂の乗った牛肉を、濃厚な生卵に絡ませてがぶっと噛むと、身も心も溶けそうになる。

先日、映画『ノルウェイの森』を観たときに、後半の場面で、私は思わず、あ、と

声を漏らした。

原作で、ワタナベ君とレイコさんがすき焼きを食べる場面が、蕎麦（そば）のような麺類（めんるい）に変わっていたのだ。それだけで印象がまったく違っていた。

麺をすする二人は、なんともいえない淋（さび）しさと官能の気配に包まれていた。

原作のすき焼きの描写では、そういった印象はあまり受けない。もっと明るい。

「今夜はすき焼き」という言葉の響きには、人の心を高揚させるものがある。

牛肉に生卵、たっぷりの砂糖と醤油（しょうゆ）に香りの強い野菜。その取り合わせは、どこか暴力的な感じすらして、それ自体が強い生命力を放っている。

ワタナベ君とレイコさんは、悲しみを抱えながらも生き続けなくてはいけない。その現実を、すき焼きというメニューが際立たせていたのだと気付いた。

ここ数年、十二月は仕事納めでばたばたと忙しい。

それがすっきりと一段落ついてから、ちょっと良い牛肉ですき焼きをして年を越すことを想像すると、今からわくわくする。

豚鍋

池田満寿夫

好き嫌いがないというのが私の取り柄だと思っていたが、気が付いてみると、いつの間にか嫌いな料理が出て来たのである。

鶏は十年位前から好きではなくなった。モツの焼きとりならいいが、ささ身が好きではない。ところがささ身でも、トリワサならいいのだ。

シイタケが駄目になった。生でも干したものでも、他のものと混ざっていると、よけて食べるくらい好きではなくなったのである。理由は全然分からない。前はとりわけ好きだったから、余計道理にかなっていない。

同様に豚肉が駄目なのである。

これには幾分、理由がある。女房の陽子が好まないからである。夫婦とは影響し合うものだが、食べ物の嗜好に一番表れるものらしい。陽子は美容上、健康上の理由でいっさい揚げ物を家でしなくなった。お陰で揚げ物大好きの私にまで影響をおよぼし、最近はめっきり揚げ物、すなわち、天ぷらや、フライ類を口にしなくなったのである。もっとも外食の時は、カキフライやエビフライを時々私だけが注文する。最もわりを食ったのが、トンカツである。豚も駄目、フライも駄目なら、トンカツは最悪のものとなる。

私の豚嫌いはトンカツだけはいつも例外であったが、前兆は焼き豚（チャーシュー）からはじまった。昔はラーメンに入っている紙のように薄いチャーシューを大事に最後まで残して置いて食べたものなのに、今ではチャーシューは食べないで残してしまう。

もっとも、常に例外はあるもので、豚肉でもすぶたと、とろんと煮た豚の角煮は別なのである。陽子のつくる豚の角煮は、彼女自身豚肉は嫌いなくせに、これだけは大好きで良くつくるのだが、格別にうまい。

しかし、それ以外はほぼ絶対というほど家では豚肉を使わないのである。

もっとも、（ちょっともっともが多すぎるが）生ハムは別である。

そんな、あれやこれやの理由で、断っておくが決して宗教上の理由ではない、豚肉をあまり食べなくなったのである。

中華料理では豚肉の方が牛肉よりも上だと聞いている。としたら、豚肉を使わないのはもったいない話である。肉の値段にしても牛よりはずっと安いのだから。

　昨年、下田で陶芸をしている時、アシスタントが間違えて豚肉を買って来てしまった。間違えてというより豚肉の方が安かったからであろう。仕方なく豚鍋にすることにした。そこで思い出したのが、三十年前の調理法である。その時は全員が驚嘆するほど、効力を持ったものだった。

　今回、その時の調理を再び思い出し、嫌いな豚肉にあえて挑戦してみたのである。世の豚肉嫌いの人たちに必ずや気に入ってもらえるだろうという自信がある。

　そして、私の男の手料理のモットーである簡単さにおいてもひけを取らない。

　鍋に湯をわかす。

　白菜を大切りにして入れる（野菜は一品に限ること）。

　薄切りの豚肉の両面にカタクリ粉（水にとかない）をまぶし、湯の中に入れる。浮き上がってきたら、ポン酢につけながら豚肉と白菜を食べる。豚の水たきではあるが、カタクリ粉を一枚ずつにまぶして、煮るだけの違いである。ところが、天地がひっくり返るほどの味の違いがあるのだ。

　豚に真珠は似合わないが、豚にカタクリ粉はよく似合う。

私の自慢料理　プチ・シャトオ

城夏子

シャトオブリアンという、贅沢(ぜいたく)きわまるお料理がある。ご高名はかねがね承ってい たが、不幸にして私はまだ賞味したことがない。偶々(たまたま)テレビジョンでわがごひいきの料理研究家江上トミ女史が、それを焼いて宮田重雄画伯にご馳走(ちそう)していられるのを見た。なるほど聞きしにまさる豪華なもので、テレビジョンだから色も匂いも想像するよりほかなかったのは、残念であった。

私の自慢料理に、プチ・シャトオというのがある。シャトオブリアンの亜流のようでもあり、ようでもなし、私の姓を意味するフランス語がシャトオであるところから、ちょいと洒落(しゃれ)てみたまでである。材料は同じく牛肉で、同じく丸のまま料理する。しかし、古来、有名なもの、立派なものの名の上に、何かくっついたものにろくなものはない。たとえばメロンにくっつけたスイートメロンなど。

私のプチ・シャトオもまた、メロンに対するスイートメロンぐらいなところであろう。けれど、それはそれでちょいとイケルのだそうである。ビールのおつまみにも、ごはんやパンのおかずにも、オープンサンドにのせる材料にも。

先日お料理通の吉沢久子さんと、飯田深雪女史の愛弟子三船絢子さんとが、わが家へおいで下さったので、このお揃いの料理腕自慢を迎えるのに、困って、匙を投げて、プチ・シャトオと野菜サラダで胡麻化すことにした。

「あら、おいしいわね。これどうしてお作りになったの?」

これが、二人のお料理の選手のまんざらお世辞でもなさそうな言葉であった。私はここぞとばかり一膝乗り出す。

「オッホン。まず、牛肉のあまり脂肪のないところを小人数のご家庭ならば八百グラムでよろしゅうございましょう。まるのまま、註文いたしまして、深鍋に、ハイ、シチュウパンなど結構でございます。それにお酒とお砂糖、お醬油を適当に煮立てます。お肉のかたまりの下の方がつかるくらいがよろしいので、だぶだぶの必要はございません。例によってはじめ強火で十分ぐらいコロコロひっくり返しながら、あとは細い火で一時間煮込みます。月桂樹の葉っぱなんかどうせみなさまはお入れになることでしょう。私は忘れましたけれど。ハイ、それで出来上がり、かくの如く薄切りにして煮汁をソースといたします」素人講師はここで一つお辞儀をし、両玄人きき手は上品に拍手した。

「私、帰ったら早速作ってみますわ」吉沢さんは言われたが、たぶん旦那さまの古谷綱武氏のビールのおつまみに、供されるのであろうと、私は心の中でうれしく思った。

私の家には手伝いというものが半かけもいないから、来客の時は相当バタバタする。客をぽつんと坐らせておいて遙か奥の方（？）の台所と客間とを、何べんも何べんもハイキングしなくてはならない。

「まあそうお動きにならないで、お話が何よりです」

と客は言うが、そうもいかない。だいたい、事務的な来客のほかは――つまり私に会いたくて訪ねて下さる方々には、私は夢中になっておもてなししようとする。（ところが、結果はちっともおもてなしらしいことをしていなくて、私だけくたびれているのである。そのことを、頭ののろい私はやっと最近発見した）そんな状態だから、このプチ・シャトオのように、前の日からでも作っておけるものは、大変重宝である。

これからお鍋の季節になると、もう一品、わが家の自慢鍋がある。誰でも知っている筈なのだが、出してみると皆さん珍しがり、早速「わたしも真似するわ」とおっしゃる。

名づけて「豚のほろ酔い鍋」命名は私である。

やはり少し深めのお鍋に、山出し昆布を敷く。水と特級酒とを半々に注ぐ。あ、そ

の前に用意しなくては。（私はご馳走作りの場合でも、このように、手順をよくあべこべにしてはマゴマゴするのです）

材料——豚ロース。三人で四百グラムぐらい。普通の切り方でよい。あまりのびてないほうれん草を洗って、姿のまま、果物籠などに露をおびたのを盛り花のように挿（さ）し揃えておく。

大根おろしをめいめいの小丼（どんぶり）にたっぷり盛りわけ、さらに追加の分もおろしておく。橙（だいだい）を一人に半分。醤油、味の素。

お酒の入ったお鍋を客の前のコンロにかけ、豚を適当に投げ込み、ほうれん草をそのまま入れる。ピンクと浅みどりの色どりが美しい。煮えすぎないよう、おろしに橙、醤油、味の素で調味したのへとりわける。ピンクも緑も、白い大根おろしの中で冴（さ）える。豚は、お鍋の中の特級酒にほんのり酔っていい気持ちのところをパクリ食べられてしまう。お鍋の中にはいともおいしいスープが出来ている。お雑炊にもなる。

納豆鍋

小泉武夫

つけダレはポン酢

納豆鍋はとても楽しい私のオリジナル料理のひとつです。親しい仲間とこの鍋をやりますと、それまで以上に互いの結束を強くするといいます。とにかく世にも不思議な納豆鍋を、パロディックな感覚で楽しんでみてはいかがでしょうか。

用意するものは納豆、ナメコの缶詰、モズク、オクラ、サトイモ、長イモ（とろろ芋）、紅白カマボコ（鳴門（なると）巻きでもよい）、豆腐、白菜、ブタバラ肉、鱈の切り身、糸コンニャク、ダシ汁、ポン酢、うどん。

つくり方ですが、これは寄せ鍋に準じて行なえばいいのです。鍋にダシ汁をたっぷりと張り、そこにタラの切り身とブタ肉を入れ、さらに白菜、豆腐を入れ、紅白カマボコは薄く切って入れ、糸コンニャク、皮をむいたサトイモ、短冊切りにした長イモも入れ、オクラは蔕（へた）をとったものをそのまま（長いまま）入れ、次にナメコの缶詰を開缶して汁ごとナメコを入れ、モズクは完全に塩抜きしたものをなるべく多く入れ、最後に納豆をドバッと入れてから軽くかき回し、一度沸騰直前まで行きましたらば火を弱くしてコトコトと煮ながら味わいます。うどんは仕上げにいただきます。

つけダレはポン酢がよろしい。

ふつうの大きさの土鍋ですと納豆五包、ナメコの缶詰一缶、モズク二五〇グラム一袋、オクラ一〇本、サトイモ（小粒）五～七個、長イモ半本、紅白蒲鉾（かまぼこ）一本、豆腐（木綿）二丁、白菜二分の一個、ブタバラ肉二〇〇～三〇〇グラム、タラ切り身三～五切、糸コンニャク三袋、うどん二把を用意しますと三～四人で楽しめます。

この鍋をつくるときの注意は火加減です。とにかくトロトロの粘質物が多く入っていますから、沸騰直前に必ず吹きこぼれますので、そこをこぼさぬよう、鍋奉行をする者はしっかりと見張りをしなくてはなりません。

また食べるときの注意ですが、これは二つあります。

その第一は、この鍋は非常に熱い。ましてや土鍋でやりますともの凄く熱い汁となりますので、舌や口腔内が火傷（やけど）します。慌てて啜（すす）るなどといったことは決してしないで下さい。粘質物を含む汁というのは、味噌汁でのナメコ汁でもよくわかりますように、ヌラヌラ成分が熱を外に発散させずに粘質物中に包んでしまうため、言い換えますとあのヌラヌラが保温材のような形になって熱を放出させないために冷めにくいのです。フーフーと息をかけて少しでも冷ましてから注意深く味わって下さい。

いまひとつの注意は、これは注意というよりは食べ方なのですが、決して塗りものの箸(はし)は使わないことです。何をはさんでもツルリ、ツルリと滑って落としますので、必ず割り箸。とにかくからだが温まる鍋です。

親密度が増す鍋

さあ、待望の鍋が出来上がりました。いよいよこの糸引き鍋を賞味いたしましょう。とにかく鍋の中はトロントロンになっていますので、その辺りをまず味わいます。

誰もが最初に手をのばすのはブタ肉とタラの切り身でありましょう。双方とも火傷しないように口に入れてみますと、本当にツルンツルンの肉とタラの切り身になっています。そして、しばらく噛んでいますと、粘性物質の中から、ブタ肉やタラのうま味がじんわりと出てきて、なんだかトロけるようなうま味と感触になります。

白菜もツラツラとなり、オクラはヌルヌルとなり、サトイモはヌラヌラとなり、豆腐やカマボコなどはもうピョロンピョロンに滑らかになり、糸コンに至っては、口の中に啜り上げたとたんに、口の中を通り過ぎて、あれあれ、と思う間に食道の方に滑り込んで行ってしまうほどであります。

もっともコンニャクというもの自体も、かなりスベスベする食べものですので、ちょっと強く啜っただけでも口の中を通過電車が通り過ぎるような勢いで食道を経て一気に胃袋に直行してしまうものですよねえ。

トロントロンの汁と具とをポン酢の中に入れて、そしてじっくりと賞味しますと、納豆から煮出されましたうま味も十分に味わうことができます。

香りも通常の寄せ鍋の匂いに納豆のあの匂いがかすかに重層するものですから、それはもうプロ好みの風味と申しますか、あるいは好事家(こうずか)殺しの雅趣といいますか、得体の知れぬ怪しい匂いと相成ります。

この鍋を男同士で食べますと、だいたい出てくる話題は決まっていまして「あのなあ、昔からトロロとか生卵とかヌラヌラする食いものは精力がつくって言われてきたんだけど本当かなあ」なんていうことになります。

つまり精力がつくのかどうか、を互いが論じ合いながら、秘かにそれを期待するのであります。

酒を飲みながら鍋をつつき合いますから、そのうちに酔って参りますと鍋の匂いに関する討論会のような方向に移って行きます。

「何だかだんだんこの鍋からいい匂いがしてきたぞ。いったい何の匂いなのかなあ」なんて誰かがいいますと、待ってましたとばかりに他の者が乗ってきます。「北海道の牛舎のサイレージ（草を発酵させたもの）の匂いに似ているなあ」などという者や、「漬け物の古漬けに似てやしないかい？」という者、「チーズだよ、チーズ」などと核心を突いてくる者もいます。そして、さらにさらに酔いがまわると、とんでもない卑猥な話に落ち着くのがこの鍋を囲む男たちの辿る話の筋なのであります。

ではこの鍋を囲んだ男女の会話はどうか。それはかなり登場人物や二人の関係といった状況によって変わりますのでなかなか難しいのです。たとえば、若い恋人同士ですと、糸引く鍋を真ん中にしてうっとりと見つめ合ったりして、そのうち口説き上手の男がうまいことをいいます。

「俺たちのような鍋だね。身も心もトロトロになり合ってね」

これがベテランの夫婦ともなりますと、話が一変してしまいまして、てんで色気などありません。

女房「ちょいとあんた、ブタ肉取り過ぎよ、次は白菜にしてよ」

旦那「なにいってんだ！　お前こそさっきからタラばっかりつついてよお」

もう、こういう夫婦はこの鍋をつっつく資格はありません。

愛人同士となるとまた話はしっぽりするといいます。鍋をつつきながら差しつ差されつの酒を飲んで、そのうちに、

男「さすがに粘り鍋だなあ、もう効いてきたぜ」

それに応えて
女「私もそうなの。もうこの鍋のようよ」
納豆の匂いのついたヌラヌラの鍋をつつき合う人は、本当の臭い仲でした。

母の土産　フォンデュ鍋で意外な発見

森絵都

　私の母は生粋の和食派で、一日の終わりに白いごはんを食べなければ安らかに眠れないタイプだ。海外旅行の際には必ず大量のレトルトおかゆを持参する。以前、二人で豪州を旅したときには梅干しやら佃煮（つくだに）やらもスーツケースに忍ばせていて、やむなく私も毎晩おかゆにつきあうことになり、レストランで夕食をとったのは一週間のうち一夜だけだった（しかも和食レストランだった）。

　そんな母が友達と食事付きのパッケージツアーでスイスへ行くという。はたして中欧のこってり料理に耐えられるのかと心配していたところ、「おかゆも持っていたから大丈夫よ」とのことで、意外と満足げに帰ってきた。しかも、旅先で出会ったオイルフォンデュが気に入ったらしく、添乗員に薦められたというフォンデュ鍋セットまで買ってきたのだった。

フォンデュ鍋。燃料ランプ付きの台。フォンデュフォーク六本。ネット通販でさえ購入をためらうような嵩張る一式を、よくぞスイスから持ち帰ったものである。

「油っこいの苦手なくせに、添乗員にそそのかされちゃって」

「添乗員、マージン取ってるよね」

呆れる姉と私に、母は「オイルフォンデュが本当においしかったのよ」と言い張ったが、フォンデュ鍋セットはすみやかに食器棚の奥へとしまいこまれ、一度として実家の食卓に現れることはなかった。

その後、もったいないので私が引きとり、ホームパーティに使ってみた。チーズフォンデュ否定派の私はオイルフォンデュにも懐疑的だったが、試してみるとこれがなかなかおいしいし、楽しい。

肉や野菜を各々がフォンデュフォークに刺し、フォンデュ鍋で熱した油に沈めて素揚げする。頃合いを見て引きあげ、ソースやポン酢につけていただく。エビ。タコ。牛肉。ソーセージ。餃子。ちくわ。面白いので手当たり次第に実験し、オイルフォンデュ向きの素材を研究した。結果、来客の人気ベストワンに輝いたのは、意外にもはんぺんだった。サイコロ形に切ったはんぺんを油に沈めると、一瞬にしてぶわっと膨張する。それがしぼむ直前にソースをからめ、あつあつのふわふわを頬張るのだ。

ソースは母がスイスで教わってきたマヨタマソースを採用した。みじん切りのタマネギを同量のマヨネーズと混ぜ合わせる。これだけでマヨネーズがあっと驚く別物に大変身！

オイルフォンデュに飽きた今でも、我が家ではポテトフライに必ずこのマヨタマソースを添えている。相性ぴったりなのでぜひお試しを。

鍋の奥は深い闇

椎名誠

冬になると日本人はやはり鍋ものですな。

外は夕方から冷たい風が吹いている。しかしほどよく暖房のきいた部屋で今夜はほかほかの鍋をつつく。

ということになると人間はみんな優しい顔つきになるものです。

「今夜は鍋よ」

と奥さんに言われて急にムッとした顔つきになるおとうさんはあまりいない（はずだ）。

けれど料理屋の鍋というのはどうもぼくの場合百パーセント嬉しくないところがある。理由は簡単で、まあ料理屋だからいろいろおいしそうな材料と、ほどよくだしのきいた、しかもほどよい熱さの鍋などが目のまえにほどよく置かれ、全体に「ほどよい」状態で統一されて、さあいつでもどこからでも鍋に突入してください！　という状態にしてくれる。問題はそこからなのだが、さあ「どこからでも」という態勢を見せながら、大概の場合着物をきたお店のおばさんが手際よくその鍋の殆どを製作してしまう。まあ鍋によっては一番おいしく食べるための具の入れる順序とか一番効果的な火をとおす時間などがあって、そのことを酔ったおじさんたちにレクチャーしている間におばさんがどんどん慣れた手つきで作ってしまうほうが話は断然早い、という厳然とした事実がある。

指導態勢が何もないと、鍋のまわりのおじさんたちはそこにある具の山をなんの方針もなく、どどどっと全部いっぺんに投入してしまう、ということがよくあるから、鍋のことをよく理解しているプロのおばさんにおまかせしたほうが絶対おいしいものができる。

そのへんのことはよーくわかっているのだが、今度はできあがった鍋の中のものをお店のおばさんは、ほどよい時期にほどよい量を、その品目の種類もほどよく各自平等に過不足なく全体に「ほどよく」統一して銘々のウツワに入れてくれる。

したがってその鍋を一番いい状態で食べることができるのであるから、ここになんの問題もないはずなのだが、しかし、このよどみない一連のプロセスにわたくしはいささかの不満を抱くのである。

せっかくの鍋なのに何ひとつその製作に関与できなかった、という秘かな不満である。

　せっかく目の前に鍋があるのに、ただのひと箸（はし）もかきまわすことができなかった、という悔恨にも似た悲しみである。

　鍋というのはそれを囲むみんなでそれらをつつき、あるものはおしのけ、またあるものはこづきまわし、つきさし、ひきあげ、かきまわす、というところにそのレーゾンデートルっちゅうものがあるのではなかったか。

　しかし高い料金をとる高級料理店ほど、そういう一般市民の鍋にむけた喜びのベクトルにたいして、着物をきたおばさんたちの抵抗勢力が厳然としてたちはだかっているのである。しかるに行政は、じゃなかった、お店側は、その憂慮すべき状態を一向に理解しようとせず、改善しようという動きさえないのである。目の前で出来上がったものをただもう配ってもらうというだけでは「鍋もの」という一品料理を食っているにすぎないではないか。

　と、いうのがわたくしの二〇〇二年初頭の鍋関係諸問題における所信表明である。

　したがって鍋はそれぞれの家庭で好きなように作る、という民営分割化の方向が望ましい。それぞれの家で勝手に鍋を作るとどんなことをしてもいいから気が楽である。

　この頃わが家で凝っているのはワンタン鍋である。誰に聞いたわけでもないが、これは簡単でうまい。今までどうしてこんな簡単でうまい鍋に気がつかなかったのだろう、と思うほどである。そこまで言ったからには作り方を説明しなければならないだろう。

まず用意するものはガス台に土鍋。これは言うまでもありませんね。わたくしの発作的独創鍋であるから材料にキマリはないのだが、ここ数回作った例でいうと、白菜、エノキダケ、ミズナ、シイタケ、モヤシ、カイワレダイコンなどの野菜群に、ハルサメ、うどん、ワンタンの皮。

鍋にはダシのベースとして鶏の手羽先少々、市販のワンタンスープの素（雲呑湯なんていうのがあります）あたりを入れて火にのせる。その一方で牛か豚の挽き肉に塩、コショウをしてよくかきまぜボウルに入れておく。雲呑湯のほかに普通の各種ラーメンスープ（液状のものが望ましい）をプラスしていくのもいい。旨味熟成、とか鉄人の逸品とかいろいろあるでしょう。

最近ぼくは福岡のほうで作られている煮干味ラーメンスープというのに凝っている。まあ最初はそんなにくどい味にしないほうがいいようです。

お鍋が煮立ってきたら適当に野菜類をいれる。ワンタンはボウルに入れてある肉を箸でやっぱり適当にとって自分で好きなように包み、鍋に投入する。まあワンタンシャブシャブという感じですね。とりあえず自分ですぐに食べる分量だけ投入。ここのところが大事である。上手に茹でてあるうどん（ラーメンではないほうが断然いいのだ）やハルサメをこれにからめるとついに野菜ワンタンメン鍋の完成である。

野菜の旨味がでてくるのでこれはあとになってくるほど美味しくなる。ホホウ……と思った方はぜひお試しくださいませ。

なんだか鍋にたいする野党的所信表明の筈がお料理番組みたいになってきてしまった。

鍋はなんでもありのところが「いい加減な男の料理」に相応しいような気がする。このワンタン鍋の成功に気をよくして、ついこのあいだ「海苔鍋」に挑んだ。これは二十年ぐらい前に釧路のある居酒屋で食べたことがあり、いつか挑んでみたい、と思っていたのだ。食べきれないほどの海苔があるのでなんとか活用したかった。二十年前の記憶だからほとんど無いに等しい記憶だが、うろ覚えと不屈の闘志でやってみた。思ったとおり真っ黒なぐつぐついうコールタール鍋のようなものになっていった。思った通りうまくなかった。これは高級料理店の着物のおばさんにやってもらってもうまくはならないだろうな、という確信にみちた不味さだった。鍋の奥は深い。

わが工夫せるオジヤ

坂口安吾

私は今から二ケ月ほど前に胃から黒い血をはいた。時しも天下は追放解除旋風で多量のアルコールが旋風のエネルギーと化しつつあった時で、私はその旋風には深い関係はなかったが、新聞小説を書きあげて、その解放によって若干の小旋風と化する喜びにひたった。その結果が、人間に幾つもあるわけではない胃を酷使したことになったのである。

私は子供の時から胃が弱い。長じて酒をのむに及んで、胃弱のせいで、むしろ健康を維持することができたのかも知れない。なぜかというと、深酒すると、必ず吐く。ある限度以上には飲めなくなるから、自然のブレーキにめぐまれ、持ち前の耽溺性を自然防衛してもらったという結果になっているらしい。

今度血を吐いたのは、深酒というよりも、ウイスキーをストレートで飲む習慣が夏からつづいて、その結果であったと思う。強い酒をストレートで飲むのは、胃壁をいためる第一の兇器と知るべし。直後に水を飲み飲みしても役に立たない。水の到着以前に生(き)のウイスキーが胃壁に衝突しているから。飲用以前に、タンサンか水で割るべきである。同じことのようでも手順が前後すれば何事につけてもダメなものだ。

血を吐いたのは三度目で、そう驚きもしなかったが、少し胃を大切にしようと思った。酒に比べると煙草の方がもっと胃に悪い。しかし、煙草も酒もやめられない。酒は催眠薬にくらべると、よほど健康なものだ。催眠薬というものは、寝てしまうと分らぬけれども、起きていると、酒と同様に、あるいは酒以上に、酩酊するということが分るのである。のみならず、アルコール中毒は却々(なかなか)起らないが、催眠薬中毒はすぐ起る。そして、それは狂人と同じものだ。幻視も幻聴も起るのである。私は疑っているのだ。神経衰弱の結果、妄想に悩んだり、自殺したりすると云われているのは、たまたま軽微の不眠に対して催眠薬を常用するようになり、益々神経衰弱がひどくなったと当人は考えているが、実は催眠薬中毒の場合が多く含まれているのではないか、と。

だから、眠るためには、催眠薬は連用すべきものではない。アルコールでねむることが、どれぐらい健全だか分らない。私が自分の身体で実験した上のことだから、そして、いくらか医学の本をしらべた上のことでもあるから、信用していただいてよろしいと思う。然し、私の言っているのは、酒を催眠薬として用いてのことで、それ以上に耽溺しての御乱行については、この限りではない。

私はピッタリ催眠薬をやめたから、仕事のあとで眠るためには酒にたよらざるを得ない。必需品であるから、酒を快く胃におさめるために、他の食物を節しなければならない。なぜなら、私は酒を味覚的に好むのではなく、眠り薬として用いるのであり、それを受けいれる胃袋は、益々弱化しつつあるからである。

私は二年前から、肉食することは一年に何回もないのである。それまでは、特にチャンコ鍋（相撲とりの料理で、いろいろの作り方があるが、主として獣肉魚肉野菜の寄せ鍋のようなものである）を愛用していた。そのうちに、鍋の肉は食う気がしなくなり、人に中身を食べてもらって、あとの汁だけでオジヤをつくって、それだけを愛用するようになった。スキヤキにしても、肉は人に食ってもらって、ゴハンに汁だけかけて食う。肉の固形したものを自然に欲しくなくなったのである。魚肉もめったに食べない。稀にウナギを食う。一ケ月に一度、雞（とり）の丸焙り（ロチ）の足の一本だけ食う。又、稀に肉マンジュウを食う。この二年間、肉食といえば、それぐらいだ。ロチを一ケ月に一度食うというのは、私の誕生日は十月二十日であるが、女房はそれを二度忘れていた。むろん私は忘れている。で、女房思えらく、毎月二十日にロチを食わせておけば亭主の誕生日を思いだすにも当らないや、というわけで、そこで雞屋に予約してあるから、雛屋は毎月ヒナ雛を丸々とふとらせ、二十日になると届けてくれる。女房は忘れているが、雛屋は忘れることがない、という次第で、したがって、わが家の客人は毎月二十日にくるのが一番割がいいのである。そのほかの日は甚しく御馳走がない。主人が菜食であり粗食だからだ。

二ケ月前に血を吐いてからは、一ケ月間酒をやめた。同時に、かたい御飯をやめた。もっぱらオジヤ。まれに、パン、ソバ、ウドンである。そして、酒は再びのみはじめたが、御飯は本当にやめてしまった。それで一向に痩せないのである。朝晩二度のオジヤもごく小量で、御飯の一膳に足りない程度であるし、パンなら四半斤、ソバはザル一ツ、あるいはナベヤキ一ツ。それで一向に痩せない。間食は完全にやらない。ミルクもコーヒーものまない。

そこで私は考えた。毎晩のむ酒のせいもあるかも知れぬが（寝酒は三合、それに時として黒ビール一本追加）オジヤの栄養価が豊富なのだろう、と。そこで、病人の御参考になるかも知れないから、小生工夫のオジヤを御披露に及ぶことにします。このオジヤの工夫以前はチャンコ鍋やチリ鍋のあとの汁でオジヤを作っていたが、これを連用して連日の主食とするには決して美味ではない。すくなくとも、毎日たべて飽きがこないという微妙なものではないのである。なんといっても、一番微妙な汁といえば、スープであるから、それを用いてオジヤを作らせてみた。そして、二三度注文をだし手を加えて、私の常食のオジヤを工夫してもらッたのである。それ以来一ケ月半、ズッと毎日同じオジヤを朝晩食って飽きないし、他のオジヤを欲する気持にもならない。

私のオジヤでは、雞骨、雞肉、ジャガイモ、人参、キャベツ、豆類などを入れて、野菜の原形がとけてなくなる程度のスープストックを使用する。三日以上煮る。三日以下では、オジヤがまずい。私の好み乃至は迷信によって、野菜の量を多くし、スープが濁っても構わないから、どんどん煮立てて野菜をとかしてしまうのである。したがって、それ自体をスープとして用いると、濃厚で、粗雑で、乱暴であるが、これぐらい強烈なものでもオジヤにすると平凡な目立たない味になるのである。

このスープストックに御飯を入れるだけである。野菜はキャベツ小量をきざんで入れる。又小量のベーコンをこまかく刻んで入れる。そして、塩と胡椒で味をつけるだけである。私のは胃の負担を軽減するための意味も持つオジヤであるから、三十分間も煮て御飯がとろけるように柔かくしてしまうというやり方である。

土鍋で煮る。土鍋を火から下してから、卵を一個よくかきまぜて、かける。再び蓋(ふた)をして一二分放置しておいてから、食うのである。このへんはフグのオジヤの要領でやる。

オカズはとらない。ただ、京都のギボシという店の昆布が好きで、それを少しずつオジヤにのッけて食べる習慣である。朝晩ともにそれだけである。

酒の肴も全然食べない。ただ舐める程度のもの、あるいは小量のオシンコの如きものを肴にする程度。世にこの上の貧弱な酒の肴はない。

ついでにパンの食べ方を申上げると、トーストにして、バタをぬり、(カラシは用いず)魚肉のサンドイッチにして食べる。魚肉はタラの子、イクラ、などもよいが、生鮭を焼いて、あついうちに醬油の中へ投げこむ。(この醬油はいっぺん煮てフットウしたのをさまして用いる)三日間ぐらい醬油づけにしたのを、とりだして、そのまま食う。これは新潟の郷土料理、主として子供の冬の弁当のオカズである。この鮭の肉をくずしてサンドイッチにして用いる。又ミソ漬けの魚がサンドイッチに適している。魚肉とバターが舌の上で混合する味がよろしいのである。然し要するに栄養は低いだろう。

以上のほかには、バナナを一日に一本食うか食わずで(食べない日が多い)それで瘦せないのである。病的にふとっているのとも違う。だから小生工夫のオジヤに栄養が宿っていると思うのだが、大方の評価では、どんなものであろうか。とにかく小生の主観ならびに主として酔っ払いの客人の評価によると美味の由である。最後に、誤解されてお叱りを蒙ると困るから申添えておくが、オジヤを食い、肉食間食しないのは私だけで、家族(犬も含めて)は存分にその各々の好むところを飽食しているのである。

空腹を呼ぶ鍋

酒井順子

「鍋って、イイよね」

これは冬の決まり文句です。この意見に異を唱えようものなら、日本人心を理解していない、気持ちの冷たい寂しい人、となってしまう。

私も、鍋料理は嫌いではありません。皆で集まる理由になるし、暖まるし、野菜はたくさん食べられるし。家で作る場合は準備も簡単で、それがまたいいところ。

しかし私、鍋に関して困ってしまうことが一つあります。それは、皆で鍋を食べた後には必ず、すぐにお腹が空いてしまう、ということ。

飽食の時代の、今。大勢で鍋を食べていると、誰もが「皆が均等に食べられるように」と、遠慮ってやつをします。すき焼きの場においても、脇目もふらず必死で肉ばかり食べる人、という存在はもはや過去のもの。

子供とか食べ盛りの青年ならともかく、その鍋におけるメイン——たとえばふぐ鍋だったらふぐを、あんこう鍋だったらあんこう、すき焼きだったら肉——を一人でガバガバ食べる、という大人はあまりいないのです。

さらに鍋をする時というのは、常に皆の視線が一つの鍋に集中しています。観察しているわけではないのだけれど、誰が何を取ったか、が自然にわかってしまうもの。だから、本当は白子が好きで、二個目の白子に手を伸ばしたいと思っていても、「誰かに見られているんじゃないか」と思うと、つい遠慮してしまうのです。結局、「どんなにたくさん食べようと申し開きができる無難なもの」、つまり白菜とか春菊とか白滝といったものをチョコチョコ食べる、ということに終始する私、なわけですが(でも、煮えすぎた豆腐には決して手を出さない)。

鍋が終ると、雑炊ということになります。鍋と雑炊は切っても切れない関係で、これまた「鍋の後に、ダシのきいた雑炊を食べられることに無上の喜びを感じている」ということを少しオーバーなくらいに表現しないと、日本人失格ということになります。

私も雑炊は好きなので喜びを表現するにやぶさかでないのですが、この雑炊の配分というのもまた、難しいのです。

鍋が終った時点で、

「あーもうお腹いっぱい！」

「食べすぎた！」

的なことを言うのも鍋を食べる上での礼儀ですので、丼一杯食べるわけにはいかない。お茶わんに軽く一杯か二杯、というところか。

鍋の後の雑炊を食べると、確かに満腹になるのです。皆としゃべりながら食べると、気持ちが満ち足りることによってお腹も満ち足りたような気がするのかもしれないし、皆があまりに、

「お腹いっぱい！」

と言うので、自分もお腹いっぱいのような気がするのかもしれない。

が、しかし。家に着く頃、私の胃は既に空腹を訴え始めています。考えてみれば、メイン、つまりはふぐとかあんこうとか肉とかは五切れくらい、下手したら三切れほどしか食べていない。あとは野菜とダシ汁、最後におじやが軽く一杯ということは、ごはんと言ったらピンポン玉一個分くらいか。いずれも消化の良いものばかりで、腹持ちが良くないのです。

結局、床に就く頃にはお腹が「グウ」と鳴っている。「あーっ、ラーメンとか食べたいなーっ」という煩悩を抱えつつ眠りにつくという行為は、私にとって冬の鍋の夜の定番となっているのでした。

鍋　魔法をかけるのは蓋である

中島京子

今回のテーマは「鍋」ではなく「肉」もしくは「魚」になる予定だった。「クリスマスに何を作るか」が現在私の頭を占める最大の料理課題である以上、もはや魚に出番はない。

さすがにターキーに詰め物をして焼く勇気はないから、ローストビーフかチキン、牛肉の赤ワイン煮？　と考えていたら、肉より「どの鍋を使おうかしら」に主題が逸(そ)れた。

先日初めてタジン鍋でローストビーフを作った。ハクション大魔王が隠れている壺に似た形のお鍋は、昨年あたりから大人気だ。ローストビーフはオーヴンを使えばそんなに難しい料理ではないけれど、如何(いかん)せん1キロ、2キロと大量に焼かないと火が過剰に通って失敗しがち。

その点、タジン鍋でなら４００グラムくらいのコロンとしたお肉でも手軽にできる。塩胡椒した肉の表面に焼き目をつけ、スライスした香味野菜の上に置いて、蓋（ふた）をして弱火に10分かけ、火を止めてそのまま20分ほど蒸すだけ。出来上がったローストビーフの切り口はほどよいピンク色、野菜のエキスをたっぷり吸って、絶妙にしっとりとした味わいが嬉しい。すべては、とんがり帽子の仕業だ。水を大切にする砂漠の民の知恵が、蒸気を還流して熱と圧力を伝えるこの不思議にキュートな帽子型の蓋に極まったわけだ。

ふと考えてみたのだが、子どもの頃に見た絵本の中で、魔女たちの鍋には蓋がなかった。あれは、おかしい。料理に魔法をかけるのは、鍋というより蓋である。

我が家で最も登場回数の多い鍋は、圧力鍋だ。一刻も早くご飯が食べたい！　というときに活躍するのは土鍋ではなくコレだ（我が家には炊飯器がない）。加圧後４分で炊きあがる。食いしん坊には得難いスピードだし、炊きあがりも見事。あの、錘（おもり）付き蓋なくして圧力鍋もない。

土鍋だって重い蓋がなければ料理が旨くならないし、ハンバーグを作るときすら、フライパンに蓋をして蒸し焼きにすると失敗がない。「鍋とは蓋だ」、とは言わないが、「蓋は魔法使いだ」は過言ではないと思う。

ところで、クリスマスはタジン鍋で鶏のレモン焼きを作ることに決定。ニンニク、コリアンダー、ターメリックにジンジャーパウダーをまぶした骨付き肉に、豪快にレモンを搾って蒸し焼きにする。蓋の脇からぷくぷく漏れる蒸気がいとおしい。肉汁を吸ったジャガイモも旨いだろうな。

我が人生に鍋があって本当に良かった。そして鍋に蓋があることの幸福を思う今日この頃である。

メリー・クリスマス！

著者略歴

◎鍋　『食べ物連載　くいいじ』文春文庫より

安野モヨコ　あんのもよこ

一九七一年、東京生まれ。漫画家。代表作に『ハッピー・マニア』『さくらん』『働きマン』、エッセイ『美人画報』『くいいじ』。現在「フィール・ヤング」にて『後ハッピー・マニア』、「I'm home」にて『ふしん道楽』を連載中。

◎鍋の季節　『ねにもつタイプ』ちくま文庫より

岸本佐知子　きしもとさちこ

翻訳家。『ねにもつタイプ』で講談社エッセイ賞受賞。その他おもな著作に『ひみつのしつもん』『死ぬまでに行きたい海』、訳書にルシア・ベルリン『掃除婦のための手引き書』、ミランダ・ジュライ『いちばんここに似合う人』、アリ・スミス『五月　その他の短篇』、編訳書に『変愛小説集』など。

◎小鍋だて　『新年の二つの別れ　池波正太郎エッセイ・シリーズ3』朝日文庫より

池波正太郎　いけなみしょうたろう

一九二三年、東京生まれ。小説家、劇作家。『錯乱』で直木賞受賞。その他おもな著作に『鬼平犯科帳』『剣客商売』『仕掛人・藤枝梅安』の各シリーズ、『食卓の情景』『散歩のとき何か食べたくなって』など。一九九〇年没。

◎小鍋立て論　『おにぎりの丸かじり』文春文庫より

東海林さだお　しょうじさだお

一九三七年、東京生まれ。漫画家、エッセイスト。『タンマ君』『新漫画文学全集』で文藝春秋漫画賞、『ブタの丸かじり』で講談社エッセイ賞受賞。長期連載の食エッセイ「丸かじりシリーズ」が大人気。その他おもな漫画作品に『サラリーマン専科』『アサッテ君』など。

◎鍋　『獅子文六全集　別巻』朝日新聞社より

獅子文六　ししぶんろく

一八九三年、神奈川生まれ。小説家、演出家、劇団文学座創設者のひとり。『海軍』で朝日文化賞受賞。『娘と私』『てんやわんや』など多くが映像化された。食通としても知られ『食味歳時記』『飲み・食い・書く』などの随筆がある。一九六九年没。

◎河豚　『吉川英治全集　52　草思堂随筆　折々の記』講談社より

吉川英治　よしかわえいじ

一八九二年、神奈川生まれ。小説家。新聞小説『宮本武蔵』の爆発的ヒットで国民文学作家といわれるように。『新・平家物語』で菊池寛賞、朝日文化賞受賞。その他おもな著作に『鳴門秘帖』『三国志』『私本太平記』など。一九六二年没。

◎鳴るは鍋か、風の音か　『たべもの芳名録』文春文庫より

神吉拓郎　かんきたくろう

一九二八年、東京生まれ。小説家、俳人、随筆家。『私生活』で直木賞、『たべもの芳名録』でグルメ文学賞受賞。その他おもな著作に『笑う魚』『洋食セーヌ軒』など。一九九四年没。

◎水戸・烈女と酒を汲む（抄）『味な旅　舌の旅』中公文庫より

宇能鴻一郎　うのこういちろう

一九三四年、北海道生まれ。小説家。純文学作品『鯨神』で芥川賞候補になるも、その後、官能小説の世界で一世を風靡。多くの作品が映像化された。嵯峨島昭名義で『軽井沢夫人』などの推理小説も執筆。

◎衝撃のスッポン初体験！『中村家の食卓』フィールドワイより

中村うさぎ　なかむらうさぎ

一九五八年、福岡生まれ。小説家、エッセイスト。『ゴクドーくん漫遊記』などのライトノベルで人気を得、その後エッセイストとして活躍。おもな著作に「ビンボー日記」シリーズ、「ショッピングの女王」シリーズ、『私という病』『あとは死ぬだけ』、マツコ・デラックスとの共著『幸福幻想　うさぎとマツコの人生相談』など。

◎ちゃんこなべで縁起かつぎ　『バタをひとさじ、玉子を３コ』河出書房新社より

石井好子　いしいよしこ

一九二二年、東京生まれ。シャンソン歌手、エッセイスト。『巴里の空の下オムレツのにおいは流れる』で日本エッセイスト・クラブ賞受賞。その他おもな著作に『女ひとりの巴里ぐらし』『東京の空の下オムレツのにおいは流れる』『パリ仕込みお料理ノート』など。二〇一〇年没。没後編まれたエッセイ集に『私の小さなたからもの』など。

◎「どぜう」文化　『歴史はグルメ』中公文庫より

荻昌弘　おぎまさひろ

一九二五年、東京生まれ。映画評論家、料理評論家、オーディオ評論家。番組終了まで18年間をつとめたTBS「月曜ロードショー」の解説者として知られる。おもな著作に『男のだいどこ』『荻昌弘の映画批評真剣勝負』『荻昌弘の試写室　日本映画編1960-1966』など。一九八八年没。

◎鏡花と突ついた鍋　『食いしん坊』河出文庫より

小島政二郎　こじままさじろう

一八九四年、東京生まれ。小説家、随筆家、俳人。評伝、小説、食味随筆など活躍は多岐にわたる。おもな著作に『わが古典鑑賞』『円朝』『芥川龍之介』など。一九九四年没。

◎おでん恋しや　『今夜もひとり居酒屋』中公新書より

池内紀　いけうちおさむ

一九四〇年、兵庫生まれ。ドイツ文学者、エッセイスト。『海山のあいだ』で講談社エッセイ賞、『恩地孝四郎　一つの伝記』で読売文学賞評論・伝記賞受賞。その他おもな著作に『ことばの哲学　関口存男のこと』『カフカの生涯』、訳書にギュンター・グラス『ブリキの太鼓』『カフカ短篇集』など。二〇一九年没。

◎春のおでん　『ゆっくりさよならをとなえる』新潮文庫より

川上弘美　かわかみひろみ

一九五八年、東京生まれ。小説家。『蛇を踏む』で芥川賞、『神様』でドゥマゴ賞、『溺レる』で女流文学賞、『センセイの鞄』で谷崎潤一郎賞、『水声』で読売文学賞受賞。その他おもな著作に『大きな鳥にさらわれないよう』『三度目の恋』『恋ははかない、あるいは、プールの底のステーキ』など。

◎すき焼き―父と二人だけの鍋　『我、食に本気なり』小学館より

ねじめ正一　ねじめしょういち

一九四八年、東京生まれ。詩人、小説家。詩集『ふ』でH氏賞、『高円寺純情商店街』で直木賞、『荒地の恋』で中央公論文芸賞、『商人（あきんど）』で舟橋聖一文学賞受賞。その他おもな著作に『赤チンの町』『ぼくらの言葉塾』『泣き虫先生』など。

◎ジンギス汗鍋　秋を感じると起きる激しい食欲の胸騒ぎ。　『天丼はまぐり鮨ぎょうざ』幻戯書房より

池部良　いけべりょう

一九一八年、東京生まれ。俳優、随筆家。監督を目指して東宝に入社後、俳優に転身。「青い山脈」などの青春映画から「昭和残俠伝」シリーズまで幅広く活躍。『そよ風ときにはつむじ風』で日本文芸大賞受賞。その他おもな著作に『ハルマヘラ・メモリー』『風が吹いたら』など。二〇一〇年没。

◎よせなべ　『久保田万太郎全集　第十一巻』中央公論社より

久保田万太郎　くぼたまんたろう

一八八九年、東京生まれ。俳人、小説家、劇作家。文学座旗揚げにかかわり多くの戯曲を残した。『三の酉』で読売文学賞受賞。その他おもな著作に『露芝』『春泥』など。一九六三年没。

◎鍋料理の話　『春夏秋冬　料理王国』ちくま文庫より

北大路魯山人　きたおおじろさんじん

一八八三年、京都生まれ。陶芸家、画家、篆刻家、書家。料理家、美食家としても知られる。おもな著作に『魯山人味道』『魯山人陶説』『魯山人書論』『北大路魯山人作品図録』など。伝記、研究書も多数。一九五九年没。

◎鍋物で味わうマイホームの幸せ　『わが百味真髄』中公文庫より

檀一雄　だんかずお

一九一二年、山梨生まれ。小説家、随筆家。『真説石川五右衛門』で直木賞、『火宅の人』で読売文学賞、日本文学大賞受賞。その他おもな著作に『リツ子　その愛』『夕日と拳銃』など。一九七六年没。

◎寄せ鍋嫌い　『舌の記憶』新潮文庫より

筒井ともみ　つついともみ

一九四八年、東京生まれ。脚本家、作家。「響子」「小石川の家」で向田邦子賞、映画脚本「阿修羅のごとく」で日本アカデミー賞最優秀脚本賞受賞。おもな著作に『食べる女』『おいしい庭』『いとしい人と、おいしい食卓』『もういちど、あなたと食べたい』など。

◎あたたかい鍋　『独りの珈琲』鎌倉書房より

増田れい子　ますだれいこ

一九二九年、東京生まれ。ジャーナリスト、エッセイスト。新聞社勤務ののち、文筆業に。おもな著作に『しあわせな食卓』『インク壺』『沼の上の家』『母・住井すゑ』『心のコートを脱ぎ捨てて』など。二〇一二年没。

◎鍋奉行　『酒呑みの自己弁護』ちくま文庫より

山口瞳　やまぐちひとみ

一九二六年、東京生まれ。小説家、随筆家。『江分利満氏の優雅な生活』で直木賞受賞。その他おもな著作に「週刊新潮」に三十一年間連載したコラムをまとめた「男性自身」シリーズ、『血族』『居酒屋兆治』など。一九九五年没。

◎鍋の季節　『よそ見津々』日本経済新聞出版社より

柴崎友香　しばざきともか

一九七三年、大阪生まれ。小説家。『その街の今は』で織田作之助賞大賞、芸術選奨文部科学大臣新人賞、『寝ても覚めても』で野間文芸新人賞、『春の庭』で芥川賞受賞。その他おもな著作に『きょうのできごと』『百年と一日』、岸政彦との共著『大阪』など。

◎1月　お正月はナベだ！　『とんでもぐるめ』グルメ文庫より

中島梓　なかじまあずさ

一九五三年、東京生まれ。小説家、評論家。おもな著作に『コミュニケーション不全症候群』『マンガ青春記』『くたばれグルメ』など。栗本薫名義では「グイン・サーガ」シリーズ、「魔界水滸伝」シリーズなど、幅広い分野の作品を多数残した。二〇〇九年没。

◎きりたんぽ鍋、の巻。　『落としぶたと鍋つかみ』朝日新聞出版より

本上まなみ　ほんじょうまなみ

一九七五年、東京生まれ、大阪育ち。女優、ナレーター、エッセイスト。おもな著作に『ほんじょの眼鏡日和。』『はじめての麦わら帽子』『芽つきのどんぐり』、澤田康彦との共著『一泊なのにこの荷物！』など。その他、絵本作品や絵本の翻訳も手がける。

◎鱈のこと　『やわらかなレタス』文春文庫より

江國香織　えくにかおり

一九六四年、東京生まれ。小説家。『泳ぐのに、安全でも適切でもありません』で山本周五郎賞、『号泣する準備はできていた』で直木賞、『ヤモリ、カエル、シジミチョウ』で谷崎潤一郎賞受賞。その他おもな著作に『神様のボート』『彼女たちの場合は』『シェニール織とか黄肉のメロンとか』など。

◎柳川なべ　『わたしの茶の間』講談社より

沢村貞子　さわむらさだこ

一九〇八年、東京生まれ。女優、随筆家。新築地劇団を経て日活へ入社。「赤線地帯」、「駅前シリーズ」など映画やテレビにおいて欠くことのできない存在感を示した。『私の浅草』で日本エッセイスト・クラブ賞受賞。その他おもな著作に『貝のうた』『寄り添って老後』『老いの楽しみ』など。一九九六年没。

◎豚しゃぶの本性〜鍋の脇　『魔女のスープ　残るは食欲2』マガジンハウスより

阿川佐和子　あがわさわこ

一九五三年、東京生まれ。小説家、エッセイスト。檀ふみ氏との共著『ああ言えばこう食う』で講談社エッセイ賞、『ウメ子』で坪田譲治文学賞受賞。その他おもな著作に『聞く力』『ブータン、世界でいちばん幸せな女の子』『母の味、だいたい伝授』など。

◎鍋にも色々　『B級恋愛グルメのすすめ』角川書店より

島本理生　しまもとりお

一九八三年、東京生まれ。小説家。『リトル・バイ・リトル』で野間文芸新人賞、『ファーストラヴ』で直木賞受賞。その他おもな著作に『生まれる森』『ナラタージュ』『大きな熊が来る前に、おやすみ。』『あられもない祈り』『Ｒｅｄ』『憐憫』など。

◎豚鍋　『男の手料理』中公文庫より

池田満寿夫　いけだますお

一九三四年、旧満州生まれ。絵画、版画、彫刻、陶芸、小説、映画など多岐に活躍する芸術家。一九六〇年代には、ニューヨーク近代美術館で個展を開催、ヴェネツィア・ビエンナーレ展版画部門で国際大賞を受賞。小説『エーゲ海に捧ぐ』で芥川賞受賞。おもな著作に『コラージュ論』『池田満寿夫全版画』など。一九九七年没。

◎私の自慢料理　プチ・シャトオ　『また杏色の靴をはこう』河出書房新社より

城夏子　じょうなつこ

一九〇二年、和歌山生まれ。小説家、エッセイスト。おもな著作に『毬をつく女』『薔薇の小筐』『薔薇の花の長い服』『愉しみ上手老い上手』など。一九九五年没。

◎納豆鍋　『納豆の快楽』講談社より

小泉武夫　こいずみたけお

一九四三年、福島生まれ。農学者、小説家、エッセイスト。おもな著作に人気の新聞コラムをまとめた「食あれば楽あり」シリーズのほか、『酒の話』『くさいはうまい』『いのちをはぐくむ農と食』『夕焼け小焼けで陽が昇る』『発酵食品と戦争』など。

◎母の土産　フォンデュ鍋で意外な発見　『作家の口福』朝日文庫より

森絵都　もりえと

一九六八年、東京生まれ。小説家。『リズム』で講談社児童文学新人賞、椋鳩十児童文学賞、『カラフル』で産経児童出版文化賞、『DIVE!!』で小学館児童出版文化賞、『風に舞いあがるビニールシート』で直木賞、『みかづき』で中央公論文芸賞受賞。その他おもな著作に『クラスメイツ』『獣の夜』など。

◎鍋の奥は深い闇　『地球の裏のマヨネーズ』文春文庫より

椎名誠　しいなまこと

一九四四年、東京生まれ。作家、エッセイスト。『犬の系譜』で吉川英治文学新人賞、『アド・バード』で日本SF大賞受賞。その他おもな著作に『中国の鳥人』『黄金時代』『失踪願望。』『机の上の動物園』など。

◎わが工夫せるオジヤ　『坂口安吾全集　11』筑摩書房より

坂口安吾　さかぐちあんご

一九〇六年、新潟生まれ。小説家、評論家。「風博士」で注目を集め、『白痴』『堕落論』などで無頼派と称された。『不連続殺人事件』で日本推理作家協会賞受賞。その他おもな著作に『風と光と二十の私と』『じろりの女』など。一九五五年没。

◎空腹を呼ぶ鍋　『ごはんの法則』幻冬舎文庫より

酒井順子　さかいじゅんこ

一九六六年、東京生まれ。エッセイスト。『負け犬の遠吠え』で講談社エッセイ賞、婦人公論文芸賞受賞。その他おもな著作に『処女の道程』『女人京都』『日本エッセイ小史　人はなぜエッセイを書くのか』など。

◎鍋　魔法をかけるのは蓋である　『作家の口福』朝日文庫より

中島京子　なかじまきょうこ

一九六四年、東京生まれ。小説家。『小さいおうち』で直木賞、『妻が椎茸だったころ』で泉鏡花文学賞、『かたづの!』で河合隼雄物語賞、柴田錬三郎賞、『長いお別れ』で中央公論文芸賞、『やさしい猫』で吉川英治文学賞受賞。その他おもな著作に『ＦＵＴＯＮ』『夢見る帝国図書館』『小日向でお茶を』など。

解説　暮らしの数だけ鍋がある

佐藤雄一

今年の夏はとにかく暑かった。

新潟が全国一の最高気温だったなんていうニュースを何度も目にした。実際朝から35度を超える日もざらで、歩いて店に行く途中で通過する、万代（ばんだい）シテイバスセンターに近付くと流れてくる「バスセンターカレー」（美味（うま）い）の挑発的な匂いにもまるで動じず素通りしていたほどだった。いくら好きだからと言って、あの空調のないところで朝からカレーそば（めちゃくちゃ美味い。これが一番好き）を食べる気にはならない。

そんな折にいただいた執筆依頼のメール。ご指名は嬉しいんだけど『ぐつぐつ、お鍋』ときましたか。いまじゃない感がすごいな……。

本が好きというか、ひとりで違和感なく過ごせる場所が、他には思いつかないという理由で、電話帳を開いてめぼしをつけた本屋に、求人はないのかと電話で問い合わせ、3軒目の本屋に雑用係で拾ってもらった。以来、もうかれこれ四半世紀以上、本屋の店頭で働いている。

お客目線だけでは、面白さに気が付けないままだったと思うのが、食エッセイの類（たぐい）で、なかでも近場の食堂や居酒屋に出かけたり、手ごろな食材を買ってきて自炊するような、日常系のものを好んで読んだ。仕事の帰り道、自宅の近くにある洋食屋でポークカツレツを頼んで池波正太郎の真似事をしていたのは20代後半だったか、生活スタイルにも露骨に影響されるほど、あれこれ読んだつもりでいたのに、鍋料理について書かれたものというのは正直印象が薄い。魯山人だと思うけどうろ覚えなのが、すき焼きをした日は鍋を片付けず、翌日の朝、鍋底に沈んだ肉や野菜の細々（こまごま）したのを掬（すく）って火にかけ、卵でとじて飯に乗せる「鍋底丼」が一番美味いというやつで、これだけはすぐに頭に浮かんだ。卵でとじるだとか、鍋底丼という名前なんかは、もしかしたら自分が食べた過ぎて、脳内で勝手に加筆してしまっているかもしれないが、すき焼き翌日の鍋底丼、たしかに読んだはず。どなたかご存じの方がおられたら教えてください。

というわけで、鍋エッセイに関するイメージがぼんやりとしたまま読み始めてみると、これがいきなり面白い。寄せ鍋や水炊きだけじゃないんだな鍋料理。柳川なべ、ふぐ鍋（ふぐちりと同じ意味だと今回初めて知った。普段あまりに縁遠いから考えもしなかった）、ちゃんこ鍋、アンコウにすっぽんにきりたんぽ、チゲ鍋豚しゃぶ常夜鍋……どれもこれも、言われてみればたしかに耳馴染みのあるものばかり。その他の変わり種や、締めのバリエーションも入れると、これはもう、人の暮らしの数だけ鍋があると言ってもいいほどだ。

だけど自分は、いまここに列挙したポピュラーな鍋料理のほとんどを、ろくに食べたことがない。鍋といえば水炊きのことで、肉や魚よりも、豆腐や白滝を思う存分食べたいと思っているから、柴崎友香さんの「鍋の季節」がよかった。「豚と白菜をポン酢で食べられさえすれば、なんの不満もない」（同感）、「鍋にどうしても入れたいのが春雨の類。マロニーとかくずきりとかどれでもいいのだけれど、とにかくぐにゃぐにゃした食感の食べ物が好きなので、なにか入っていないと物足りない」（同感）、「すき焼きでも肉じゃなくて糸こんにゃくがいちばん好きかも」（同じ）、「翌日のお昼に鍋の残りにうどんを入れて食べるのが、いちばんの楽しみだ」（全く同じ）。たしかに鍋の残りでつくるうどんは美味しい。ほんだしと醤油ではこの味は出せない。なんだかどこまで行っても「鍋底丼」の発想からは抜け出せないみたいだ。

筒井ともみさんの「寄せ鍋嫌い」を読むと、一家団欒の雰囲気からはおよそ遠かったという、幼少期の記憶に胸締め付けられる。家族で囲む寄せ鍋の夕餉、幼稚園児の筒井さんが、せっせと煮えごろの具を取り分ける。「何もせず何の気を遣わなくても『家族』でいられる安心感がなかったから」。おそらくそれが原因で「いろんな材料が混然と混じり合った味」を好まず、具が二種類だけのシンプル鍋に辿りつく。家族に取り分けていた、気丈な小さな手も大きくなり、メニューが増えていくシンプル鍋の数々。寄せ鍋の湯気の向こうに見える幸せな家庭というようなイメージとは対極のエッセイが美しく、なにより美味しそうで、このアンソロジーの中でも異彩を放っている。

　思えば鍋料理は、料理そのものと同様に、人間関係にまつわる描写も必要なのかもしれない。例えばそれが煩わしいから、ひとりで食べることを好むと書くにしても、はじめに他者ありきという意味では同じことだ。そこへ行くと、池波正太郎は異次元の存在に思えてくる。ひとりでつつく「小鍋だて」のなんと美味そうなことか。「中へ入れるものの種類は二品か、せいぜい三品がよい」、「小鍋だては、煮すぎてはいけない。だから白菜なども細く薄く切っておく」。ひとりで手際よく食べることの良さに、なんの疑いもない堂々たる書きっぷりが清々しいほど。9月に入っても一向に収まらない猛暑のなかで読み始めた時は微妙に気乗りしていなかったのに、頁を繰り出した途端に勢いづいたのは、池波正太郎がいたからだ。小学生の頃のエピソードも抜群で、ここしばらく、すっかり「蛤なべ」の口になっている。いいなぁ、蛤の小鍋だて。「蛤なべと御飯とおしんこ」みたいな大衆食堂、いま普通にあったら全然イケてるのになぁ。『散歩のとき何か食べたくなって』を片手に正太郎コスプレをしていた20代の頃を思い出して、この冬は町を散策しながらそんなお店がないか探してみよう。

（北書店店主）

本書は、二〇一四年一二月に小社より単行本で刊行されました。
選者　杉田淳子、武藤正人（go passion）

◉編集部より

本書は、著者による改稿とルビを除き、底本に忠実に収録しております。収録作品のなかには、一部に今日の社会的規範に照らせば差別的表現あるいは差別的表現ととらえられかねない箇所が見られますが、作品全体として差別を助長するようなものではないこと、著者が故人であるため改稿ができないことから、原文のままとしました。

ぐつぐつ、お鍋
おいしい文藝

二〇二三年一一月一〇日　初版印刷
二〇二三年一一月二〇日　初版発行

著　者　安野モヨコ／岸本佐知子ほか
発行者　小野寺優
発行所　株式会社河出書房新社
〒一五一―〇〇五一
東京都渋谷区千駄ヶ谷二―三二―二
電話〇三―三四〇四―八六一一（編集）
〇三―三四〇四―一二〇一（営業）
https://www.kawade.co.jp/

ロゴ・表紙デザイン　粟津潔
本文フォーマット　佐々木曉
本文組版　KAWADE DTP WORKS
印刷・製本　中央精版印刷株式会社

Printed in Japan　ISBN978-4-309-42022-6

こぽこぽ、珈琲

湊かなえ／星野博美 他　　41917-6

人気シリーズ「おいしい文藝」文庫化開始！　珠玉の珈琲エッセイ31篇を収録。珈琲を傍らに読む贅沢な時間。豊かな香りと珈琲を淹れる音まで感じられるひとときをお愉しみください。

ぱっちり、朝ごはん

小林聡美／森下典子 他　　41942-8

ご飯とお味噌汁、納豆で和食派？　それともパンとコーヒー、ミルクティーで洋食派？　たまにはパンケーキ、台湾ふうに豆乳もいいな。朝ごはん大好きな35人の、とっておきエッセイアンソロジー。

ぷくぷく、お肉

角田光代／阿川佐和子 他　　41967-1

すき焼き、ステーキ、焼肉、とんかつ、焼き鳥、マンモス⁉　古今の作家たちが「肉」について筆をふるう料理エッセイアンソロジー。読めば必ず満腹感が味わえる選りすぐりの32篇。

わたしのごちそう365

寿木けい　　41779-0

Twitter人気アカウント「きょうの140字ごはん」初の著書が待望の文庫化。新レシピとエッセイも加わり、生まれ変わります。シンプルで簡単なのに何度も作りたくなるレシピが詰まっています。

季節のうた

佐藤雅子　　41291-7

「アカシアの花のおもてなし」「ぶどうのトルテ」「わが家の年こし」……家族への愛情に溢れた料理と心づくしの家事万端で、昭和の女性たちの憧れだった著者が四季折々を描いた食のエッセイ。

バタをひとさじ、玉子を3コ

石井好子　　41295-5

よく食べよう、よく生きよう——元祖料理エッセイ『巴里の空の下オムレツのにおいは流れる』著者の単行本未収録作を中心とした食エッセイ集。50年代パリ仕込みのエレガンス溢れる、食いしん坊必読の一冊。